弁当屋さんのおもてなし

巡り逢う北の大地と爽やか子メロン

喜多みどり

角川文庫
23997

目次

人物紹介

●大上《おおかみ》祐輔《ゆうすけ》（ユウ）
弁当屋『くま弁』の店長。
客の内なる願いを叶える
「魔法の弁当」の作り手。

●大上《おおかみ》千春《ちはる》（旧姓・小鹿《こじか》）
「魔法の弁当」がきっかけで、
現在はユウと共に『くま弁』を
切り盛りしている。

●華田《はなだ》将平《しょうへい》
ユウの昔馴染み。
伯父の民宿の厨房担当として
働いている。

●黒川《くろかわ》茜《あかね》
『くま弁』常連客、黒川の愛娘。
実は人気アイドルの白鳥あまね。

●黒川《くろかわ》晃《あきら》
『くま弁』の常連。茜の父親。

●梨之木《なしのき》
『くま弁』に通う女性客。
旅行に行きたいのに行けない、
自身の行動力のなさを嘆いている。

●錦《にしき》
『くま弁』に通う若い男性客。
友人が幽霊を見たらしく……？

●桂《かつら》
パティスリー・ミツで
パティシエを目指して働く青年。

イラスト／イナコ

•第一話• 氷雪の下の幸を揚げる

薄氷を踏み抜いて割る時、一度きりの尊さと切なさがこみ上げてきて、千春《ちはる》なりに随分と厳粛な気持ちになる。

晩秋の早朝なんかに水溜《みずた》まりに氷が張っているのを見ると、踏んで割るかどうか、迷ってしまう。大事にとっておいたところで自転車や車に踏まれてそうと知られずに割られるかもしれないのだが、迷った時はそっとしておいて、とけて水になったり、そのまま雪が積もったり、登校中の小学生が踏んで割ったりするところを想像する。その方が、なんだかずっと長く楽しめる気がする。

だが、今千春の目の前に広がる湖の氷は、そういった空想の外にあった。随分厚く、広大で、およそ千春のちっぽけな体重でひびの一つも入るとは思えない。

二月のサロマ湖は、抜けるような青空の下、全面結氷していた。

「凄《すご》い……」

陽光を反射して雪は目映《まばゆ》く輝く。千春は目を細めた。吸った空気が冷たくて鼻が痛くなるから、少しでも空気を暖めようと手袋をした両手で口元を覆う。ユウは隣で白い息を吐いて、やはりその青と白のコントラストに見入っていた。

日本で三番目の大きさを誇る湖はさすがに広く、凍結して雪が積もると平らな雪原がどこまでも広がっているように見える。頭上は晴れていたが視線の先には雲がかかり、そうするとどこまでが湖で、どこからが空なのかも判別が難しくなる。

北海道に暮らしてきて、雄大な景色というものは幾つか見てきたつもりだったが、これほどまでに寒々しくも胸を打つ光景はなかなか覚えがなかった。

「来られてよかったあ」

「うん」

「なかなか旅行なんて難しいと思ってたけど、なんとかなるものだね」

「一泊二日だけどね」

札幌《さっぽろ》の弁当屋くま弁には、週に一度の定休日の他に月に一度程度不定休がある。

くま弁を夫婦で経営するユウと千春は、定休日に不定休をくっつけ二連休にして、北海道東部にあるサロマ湖畔へ旅行に来たのだ。

ユウはちょっと残念そうに眉《まゆ》を八の字にした。

「もっとゆっくりしたかったよね。短くてごめんね」

「ええっ、何、突然……いいよ、そんな長々とお店休めないもんね」

そう言ったところで、千春はユウの心理を察した。おそらく、また自分の仕事のせいで……という批判的な目を自身に向けているのだ。千春は口元から手を離して腰に当て、目線が合わないなりに背筋を伸ばして胸を張った。

「謝ることなんかないよ。私は自分の意思でユウさんと結婚して、一緒にくま弁をやってるんだから。お店のことは、今は私の仕事でもあるの」

「……そうだね」

「そうだよ！　それに、お店やっててよかったこともいっぱいあるよ。ユウさんだって、お店やってたから将平《しょうへい》さんにも会えたんだし、将平さんに教えられたから北海道に来たんだし。ユウさんが北海道に来なかったら、きっと私とだって会えなかったんだから」

ユウは瞬《まばた》きを一つ二つして、ふにゃりと幸せそうに笑った。

「そうだったね」

華田《はなだ》将平は、千春とユウの共通の友人だ。

千春たちが訪れた北海道の東部、オホーツク海とサロマ湖に面する常呂町《ところちょう》には、華田将平が働く宿がある。

❄

サロマ湖は汽水湖としては日本最大の面積を有する。砂嘴《さし》でオホーツク海と隔てられ、海への出入り口は人工的に開削された二ヵ所の湖口だが、陸地に上げられてずらりと並んだ船からもわかる通り、冬の間は船を出せない。サロマ湖の結氷のみならず、オホーツク海は流氷も来る海域なのだ。

その間は、スノーモービルで氷下漁《こおりしたりょう》だ。

冬のサロマ湖といえば牡蠣《かき》。その他にもキュウリウオやカレイ等、冬の味覚が厚さ三十センチの氷の下から引き揚げられる。

そういう海の幸が、千春の前に所狭しと並べられていた。

サロマ湖畔にある宿の食堂だ。

周りのテーブルには他の宿泊客もいて、それぞれのテーブルに隙間なく料理が並べられている。海の幸と山の幸を使った冷菜、大量のお造り、天ぷら等々。和洋折衷で、特に旬だからだろう、コキールや焼き牡蠣、牡蠣フライ等、各種牡蠣料理が多く並ぶ。さらにこの辺りはブランド和牛の産地でもあり、後でステーキやすき焼きも届けられるらしい……。

どれから食べたらいいのかわからず呆然《ぼうぜん》としていたが、食べなければステーキの置き場がないことに気付いて、ユウと乾杯し、生牡蠣からいただくことにした。

殻にレモンを一絞りして、よく太った牡蠣をそのままちゅるんと吸い込むように食べる。こんなに大きいのに大味ということはなく、臭みもなく、冷たく濃厚な旨《うま》みが口の中に広がって、あっという間に喉《のど》の奥に消えてしまった。鼻から抜けていく香りさえ名残惜しく、千春はすぐにまたいそいそと二つ目の牡蠣に手を伸ばした。

するとそのタイミングで声をかけられた。

「アニキ、千春さん！」

威勢のよい声の持ち主は、いかつい男性だ。プライベートではポンパドールを作ったリーゼントヘアが印象的だが、就業中の今は髪をしっかりまとめて清潔な小判帽を被《かぶ》り、襟付きの調理用白衣を着ている。

「さっきはお土産のコロッケありがとうございました！　休憩で食ったんですけど、すっげー美味《うま》かったです！　あれ男爵ですよね？　温め直したらチーズが溶けて――あっ、すき焼きの鍋《なべ》そろそろ火点《つ》けますね！」

華田将平は一見すると強面《こわもて》だが、ここ常呂にある伯父《おじ》の宿で真面目に働く若者だ。最近は厨房《ちゆうぼう》担当として腕を磨いている。

「うちの料理はいかがですか？　自慢の牡蠣っすよ～！」

「とっても美味《おい》しいです！」

「だろ～？　サロマの牡蠣も美味いんだ。あ、こっちは厚岸《あつけし》のマルえもんな。食べ比べてみてくれよ」

「ありがとう、将平さん。どれも美味しいです」

ユウも穏やかに微笑んで言った。いつも優しげな雰囲気の彼だが、今日はとりわけ穏やかな表情で、久しぶりの遠出と嬉《うれ》しい再会に表情も緩んでいるらしい。

将平はアニキと慕うユウから褒められて、それまで以上に相好を崩した。

「へへ……俺はそんなたいしたことはしてないんすけど……でも、アニキにそう言ってもらえて嬉しいです。今日はほんと、ゆっくりしていってくださいね！」

将平は照れ笑いを浮かべて、さっと厨房へ戻った……と思ったら、まだ少しこちらを気にして扉の陰から覗《のぞ》いている。

だが、すぐに厨房の方から叱られたらしく、すごすごと頭を引っ込めた。

ユウは本当に楽しそうに微笑んで、厨房へ消えていく将平を見ていた。

「……来てよかったね、ユウさん」

うん、とユウが応《こた》える。千春は、今度は焼き牡蠣に手を伸ばした。

将平が働く宿は、オホーツク海の新鮮な海の幸や近隣の特産品が食べられると評判だ。家族経営の民宿と聞いていたから小さなところなのかと思っていたが、部屋数は多く、親族以外にも従業員がいるようだった。食堂も結構広い。

牡蠣の土手鍋とサロマ和牛のすき焼きはどちらも美味しかった。一人当たり鍋物《なべもの》が二種類あるというのも凄いが、とにかくたくさん色んな美味しいものを食べてほしいという作り手の気持ちが伝わってきた。

将平はその後もちらちらと厨房から顔を出して、千春たちのみならず、客の反応を窺《うかが》っているようだった。

「将平さん、厨房を続けられて、いきいきしてますね」

以前将平がくま弁に来た時は、経営者である伯父と将平の間で配置換えについて食い違いが生じていたようなのだが、どうやらそれはすっかり解消されたらしい。

「うん」

ユウはどこか口数が少ない。今日は日本酒とビールを飲んでいたが、普段より少し量が多かった。運転もしたし、眠くなっているのだろう。

「今日はもう部屋に戻って休む？」

「ん？　いや、大丈夫……まだ料理来ると思うし、それに、なんだかもったいないな」

　ユウはそう言って食堂を眺めた。

　食堂の窓から見えるのは、もう暗い闇ばかりだ。二月の夕食時だから、とっくに日は沈んでいる。朝はサロマ湖が見えるだろうか。

　どのテーブルも談笑しながら食事を楽しんでいる。暖かな食堂は千春も確かに部屋に戻るのが勿体《もったい》ないと感じてしまう雰囲気だった。

「そうだねえ……」

　ふと、千春はまた将平が厨房から顔を覗かせていることに気付いた。ユウの方ではない他のテーブルを、心配そうな、気がかりそうな表情で見ている。

　千春はその視線を追ってみた。

　将平が見ているのは、三人連れのテーブルだ。祖父母と小さな孫娘、という組み合わせのようで、高齢の男性はかくしゃくとして、健啖家《けんたんか》らしく、もりもりと料理を食べている。

　だが、同じテーブルに座った女の子は、俯《うつむ》いてあまり食事に手をつけていないように見えた。祖父母が何か話しかけて心配そうにしているが、女の子の方はもじもじして首を横に振っている。

　将平の心配そうな視線の意味がわかった。この子があまり食べていないから気にしているのだろう。女の子の前にはハンバーグや海老フライといった子ども用の料理が綺麗《きれい》に盛り付けられたまま、ほんの一口二口ずつ箸《はし》をつけただけの状態で置かれている。小学生も高学年くらいになると大人用とあまり変わらない料理が用意されるから、この子はそれよりは幼そうだった。

「大上《おおかみ》様たちは将平ちゃんのお友達だって聞きましたよ」

新しい料理と日本酒を持ってきてくれた給仕の女性が、千春にそう声をかけてきた。七十歳よりは上と思われる年齢の女性で、短い髪を淡いピンクがかった色に染め、しっかり三角巾《さんかくきん》にしまっている。

「はい、そうなんです。札幌から来ました」

「将平ちゃん、張り切っちゃって凄《すご》かったんですよ。今日はゆっくりしていってくださいね」

将平ちゃん、って呼ばれているんだなあ……と千春はその言い方に温《ぬく》もりを感じて自然と笑みが零《こぼ》れた。女性の方もにこにこと愛想よく笑って、別のテーブルにビールを運ぼうとする……その時、別の給仕の若い女性とすれ違って、指示を出す彼女の声が聞こえた。

「それ、本家の人のテーブルだよ」

……本家？

千春は日本酒を注いでいた手を止めて、そう言われた若い女性の行方を見やった。彼女は例の祖父母と孫らしき組み合わせのテーブルへ料理を運んで行った。

（あの人たち、本家って呼ばれてた？　将平さんとも親戚《しんせき》なのかな？）

本家と分家があるなんて旧家っぽい言い方だな、と千春は思って、思わず少しの間視線を留めてしまった。じろじろ見るのは悪いなと気付いて自分のテーブルに視線を戻すと、すでにユウがこっくりこっくりと船を漕《こ》いでいた。


増築された建物と食堂のある母屋を繋《つな》ぐ廊下は長く、いかにも寒々しい雰囲気があったが、意外なことに全館暖房のおかげで暖かく快適だ。

ユウは結局デザート――プチケーキと自家製ジェラートの盛り合わせが出た――まで粘り、どこかふわふわした足取りで食堂を後にした。

「なんかごめん……」

目元を擦《こす》りながら言われたら、千春も笑みを返すしかない。

「いいよ、お疲れ様。気にしないで。でも、珍しいね」

「うーん……はしゃいじゃったのかな。遠出は久々だったから……」

はしゃいでいた、というのは確かにそうだと思う。ユウはいつもより明るく、元気で、表情や立ち居振る舞いの一つ一つから、『はしゃいでいる』のは伝わってきた。

札幌からの道中、食材の産地としてよく知る地名を幾つも見かけた。くま弁で弁当を作る時に食材として扱ってはいても、実際に千春がこの辺りまで来たのは初めてで、ユウも滅多に来ないという。折角来たのだからと、様々な店や直売所等に寄り道して、そのたびにユウは嬉しそうにお店の人に話を聞いたり、メモを書いたりしていた。

将平の働く宿に行きたいねとはずっと話していたのだが、やっと今日来られたのも、彼がはしゃいでしまった原因の一つだろう。

「あ、そういえばさ、さっき……」

千春が、食堂でのことを思い出してユウに話そうとした時、後ろから人の足音が聞こえてきた。

振り返ると、長身の男性がこちらに向かってどたどたと駆けてくる。彼は千春を見て手を振った。将平だった。まだ上下とも調理用白衣を着ている。

「あれっ、大丈夫ですか、片付けとか……」

「大丈夫！　ミチさんが代わるから行けって言ってくれて……あの、ミチさんはさっきアニキたちにも挨拶《あいさつ》したって言ってたんですけど、ピンクの髪の姐《あね》さんです」

「ああ、あの！」

愛想のよい女性の顔を思い出す。

ユウは何故かまじまじと将平を見つめている。

そして、将平の顔を指差して呟《つぶや》いた。

「将平ちゃん……」

「やめてくださいよ、アニキ！　それはあの……ミチさんは俺のことガキの頃から知っ

る。

「可愛がってもらっていていいなあと、嬉しくなっただけです」

ユウには特にからかってやろうという意図さえない様子だ。たぶん、単純に酔ってい

てっから……」

歩き出そうとしたユウの足がもつれているので、将平が手を貸してくれた。

千春とユウの客室にはもう布団が敷いてあった。最近張り替えたばかりらしい畳はい草の匂いがして気持ちよい。ふかふかの清潔な布団で眠るのだと思うと、千春も全身の力が抜けていくようだった。


「すみません、もう大丈夫です……あ、よかったらお茶でもいかがですか」

ユウは正座をしつつもどこかふわふわとして重心が定まっていないように見えた。

「えっ？　いやあ、いいですよ、もう休んでください」

「うん。ありがとうございます」

将平は土間に立ったままで客室に上がろうとはしなかったが、ユウは正座のまま手をついて深々と頭を下げた。

「ごちそうさまでした」

「あっ、こ、こっちこそ、今日は来てくださって、本当にありがとうございました」

将平も不器用に頭を下げる。

「将平さん、今日のご飯美味《おい》しかったですよ。ユウさんも言ってましたけど、特に牡蠣《かき》のコキールがすごく美味しかったです」

「本当かい？　それ、俺が仕上げまでやったんだ。へへ……」

「えっ、そうだったんですか？　とってもクリーミーで、牡蠣とホワイトソースが絡まって……チーズもよく合ってましたね」

「そうなんですよ～！」

将平が嬉《うれ》しそうに語るところでは、どうやら素材から将平が吟味した拘《こだわ》りの一皿だったようだ。厨房《ちゅうぼう》での仕事にやりがいを感じているらしい将平は、生き生きとチーズと牡蠣の説明をしてくれた。道東は酪農でも有名なのだ。

「あ……そういえば、こちらの経営をされている方は、将平さんの伯父様《おじ》なんですよね」

「ああ、伯父貴にはよくしてもらってるよ」

将平の伯父は航児《こうじ》といって、宿に泊まる時に挨拶したが、将平とよく似た、気のいい大柄な男性だった。

「ほら。あの……ミチさんが、お客さんのこと本家って言ってるの聞こえてきて……今日はご親戚がいらっしゃってたんだなあって」

「本家……ああ、ナカツさんか。遠戚《えんせき》だって聞いてるよ。伯父貴にとっては色々世話になった恩人らしくてさ。息子さん夫婦が十勝《とかち》でプチホテルやってるんだけど、忙しいからじいちゃんばあちゃんが孫連れて遊びに来てるんだってさ」

「ああ、そうだったんですね」

「あの——……ミチさん、変なこと言ってなかったか……？」

「変なこと？」

「あー……ミチさんは、ナカツさんの息子さんがここの後継者になるんじゃないかって気にしててさ。それで……」

「えっ、後継者なら将平さんがいるじゃないですか」

「そんなことねえよ……」

将平は口を歪《ゆが》ませ、心底呆《あき》れた顔をした。

「え？」

「だって、俺はただの従業員だし……いや、伯父貴には恩があるから返したいけどよ、とにかく、俺は後継者とかそういうのじゃ絶対にねえって。ナカツさんの息子さん、さっきも言ったけどプチホテル経営してるから、ノウハウあるんじゃねえかと思うし、俺はそれもいいと思うんだよ」

「……ん？　じゃあ、ミチさんが言ってる変なことってなんですか？」

将平は一瞬言うかどうか迷った様子で口をもごもごと動かしたが、結局、顔を近づけ、ごく小さな声で説明してくれた。

「……俺はさ、伯父貴の一番近い身内だろ？　だから、ナカツさんとこに宿の経営が移ったら、目障りになってクビになるんじゃねえかって」

「ええっ⁉」

「ミチさんが勝手に言ってるだけだって！　そんなことねえと……俺は思うんだけどよ……」

「まあ……そうですよね……」

そもそも、伯父の航児がそんなことを認めないだろう……と考えて、すぐに千春はナカツが航児の恩人であるという話を思い出した。

将平も、とにかく恩人であるユウには義理堅い。航児も同じような気質の人かもしれない……。

「だいたい、宿の経営がどうのって話も気が早いんだよ。伯父貴も若くて元気なんだからさ。まあ、そういうわけでさ、俺は信じてない話だけど、ミチさんが面白がって言ってねーかなって気になったんだよ。心配させたくねえしよ……」

「なるほど……わかりました」

納得した次の瞬間、千春は何か記憶に引っかかって、うんと声を上げた。

「あれ……でも、将平さんだって、ほら、あのテーブルのこと心配そうに見てたじゃないですか。ナカツさんのとこの……」

「あれは、ほら、小さい子がいたろ。あの子があんまり食べてなかったから……口に合わなかったのかと思ってよ」

ナカツ家が後継になるという話で千春の頭から吹っ飛んでいたが、女の子の前に置かれた料理は大部分が残ってしまっていたのだった。

「おやつ食べ過ぎちゃったとか？　宿の料理は子ども用でも量が多いですし」

「ん……まあな」

　弁当屋といっても、作った弁当を目の前で食べてもらえることはまれで、普通は家やオフィスに持ち帰って食べるものだ。何を残したということもわからない。しょんぼりと肩を落とした将平を見ていると、それでよかった部分もあるかもしれないと思える。

「とにかく、話はわかりました。明日《あした》の朝ご飯も楽しみにしていますね！」

「ん？　ああ、腕によりをかけるからな」

　将平は自分の二の腕をぱんと叩《たた》いた。その響きから、みっしりと詰まった筋肉が感じられる。

「じゃあ、おやすみなさい」

「おやすみなさい、将平さん」

　千春が挨拶すると、とろんと眠そうな目をしたユウもそう言った。将平は白い歯を見せ、笑顔で挨拶を返した。

「アニキも、千春さんも、おやすみ。また明日！」

　一日の仕事の後で将平も疲れているだろうに、明るくそう言ってくれた。

　だが、次に彼と会えるのは、千春が想像したよりもかなり後のことになった。

朝から刺身と鉄砲汁が出てきた。

ズワイガニは季節的に冷凍のものだろうが、最近の冷凍技術はなかなか侮れないところがあり、身も水っぽくなく、かにの旨《うま》みが出た出汁《だし》は素晴らしかった。

「ふわ……美味しい……」

建物の外は今朝も当然氷点下で、渡り廊下も結構底冷えがしたが、熱い鉄砲汁が口から喉《のど》へ、食道を伝っておなかに落ち着いていくと、指先まで熱が巡るようだった。鉄砲汁は他でも食べさせてもらったことがあるが、味噌《みそ》の香りとかにの香りが絡み合って、全身の力が抜けるような、幸福な気持ちになる。

ユウは同じく鉄砲汁を啜《すす》りながらも、しょんぼりとしおれたように見えた。

「ユウさん、元気ない？　二日酔い？」

「いや……そうじゃないんだけど。あの……もっとゆっくり語り合ったりしたかったのに、寝ちゃって……ごめんね、旅行なんて久しぶりなのに」

「いいよ！　ユウさんもリラックスできたってことだし、私も昨夜はお酒飲んで美味しいもの食べてユウさんがそばにいて色々話せて、すっごく楽しかったから……あっ、将平さんだ！」

千春は、また厨房へ通じるドアの陰に将平を見つけて声を上げた。ユウが振り向く前に、将平は厨房の誰かに呼ばれて引っ込んでしまった。

「戻っちゃった……忙しいのかな」

「そうかもね……。夕食は時間が決まっていたけど、朝食はまだこれからお客さんが来るからね」

置いておけるものは朝食提供時間前に作っておくのだろうが、盛り付けや焼き物等、後からやる仕事もあるのだろう。

窓の外から見えるサロマ湖は白く凍《い》てついて、青空の下で輝いている。外を眺めてゆっくり食事を味わっているうちに、その後は将平を見かけることなく過ぎていった。

将平とは、チェックアウト後に受付横の談話室で会おうということになっていた。その頃には将平も朝の仕事を終え、ちょっとした観光案内ができると言っていた。

予定の時刻より少し前にチェックアウトした千春たちは、安楽そうなソファが置かれた居心地のよい談話室で将平を待った。インスタントのコーヒーやティーバッグ、お菓子も置いてあり、本棚には観光情報誌や本もある。窓はサロマ湖とは別方向だったが、二重窓の向こうに雪を被《かぶ》った庭の様子が見えた。

「……あれ？」

北見《きたみ》のお菓子などを摘《つ》まんでいるうちに、あっという間に時間が経っていたが、約束の時間を十分過ぎても将平は現れなかった。

「もうこんな時間か」

ユウも壁の時計を見上げて呟《つぶや》いた。古めかしい雰囲気の振り子時計だが、時刻は正確だった。ユウはスマートフォンを取り出してメッセージアプリを立ち上げ、将平からのメッセージがないか確認した。

結局、さらに十分待っても将平は来なかったし、メッセージが届くこともなかった。

「うーん……」

ユウも少し心配そうに唸《うな》っている。義理堅い将平のことだ、まさか忘れているということはないはずだ。仕事が忙しくて抜けづらいか、何かトラブルがあったかのどちらかだろう。

「メッセージを残して、先に行った方がいいのかな……」

ユウは迷いながらもそう呟いた。

常呂に遊びに行きたいと伝えると、将平からはその日のうちに数パターンのオススメ観光ルートが送られてきた。事前にユウと千春で相談してそのうちの一つを選んでおり、将平も勿論《もちろん》知っている。将平も車移動の予定で、千春たちも札幌からレンタカーを借りてきているので、先に行ったとしても、後から合流は可能だろう。

「うん……」

将平と観光するのも楽しみの一つだ。ユウは将平を置いて自分たちだけで行くことに乗り気ではなさそうだったし、千春も同じだ。

……とはいえ、ここでぐずぐずしていたら、遅れてきた将平が罪悪感で土下座しかねない。

悩んだ末に立ち上がりかけた時、千春は廊下にちらりと従業員の女性を見かけた。

「あ、えっと……ミチさん！」

千春が廊下へ飛び出してそう声をかけると、客用玄関とは反対方向へ向かっていた女性が、足を止めてぱっと振り返った。

「ああ！　大上様、おはようございます」

ミチは昨夜食堂でも声をかけてくれた、ピンクの髪の愛想のよい女性だ。彼女は談話室の方をちらっと見て言った。

「あら、将平ちゃん、一緒じゃないんですね」

「えっ、はい……あの、実は会う約束はしてたんですが、まだ来ていなくて。将平さんのお仕事はもう終わってるんですか？」

「ええ。将平ちゃん、今日のために張り切って準備してたんですよ。お二人に美味《おい》しい昼食をごちそうするんだって」

「昼食……」

昼食は一緒の予定だったが、場所の選定は将平が任せてほしいと言っていて、千春もユウも聞いていない。きっと予約もしたことだろう。こうなると、やはり将平が来ないのは心配だ。

「実は、メッセージを送ったりもしているんですが、連絡がつかないんです。何か用事ができたりしたんでしょうか？　仕事を頼まれて、急に出ることになったとか……」

「いえ、そういうことはないかと……あ、そういえば、最後に会った時は、お二人に会う前に昼食の下見をするって言ってました」

「下見？」

「ええ、アタシもどこで食べるつもりかは知らないんですけど」

ユウは千春を見やった。どこか縋《すが》るような目だった。昨夜のユウはアルコールやら疲労やらで大分ぼんやりしていたから、将平から教えられたことを何か聞き逃したのではないかと考えたのだろう。

だが、千春だって何も聞いていない。

「……あのう、先程、どこかはわからないとおっしゃってましたけど……心当たりだけでもありませんか？」

ミチに尋ねる千春の方も、縋るような調子になってしまった。

「そうですねえ……人気のお店は幾つかあります。お役に立てるかわかりませんけど、それでよければ……」

「是非教えてください！」

千春が言うと、ユウも真剣な顔でお願いしますと頭を下げた。

ミチはメモを書いて千春に渡すと、申し訳なさそうな、困ったような顔で言った。

「ごめんなさいね。アタシも、知り合いのところに電話してみますね」

「あっ、いえ、大丈夫です。自分たちで捜してみますから……」

「アタシも心配なんです。将平ちゃん、理由もなく約束すっぽかしたりする子じゃないんですよ」

「そうですよね……」

お互いに将平を見つけたら連絡をすることとして、千春たちはミチと別れた。

千春は早速渡されたメモを確認した。

「さて、じゃあ……あっ、ここガイドブックで見たことある……ここも！」

ミチが書き出したメモには、近辺の有名店が幾つかリストアップされていた。店名の下に人気メニューが書かれているものもある。

「ほら、ユウさん、ここのクリームソーダはね、綺麗《きれい》なオホーツクブルーの青いソーダに、流氷に見立てたアイスクリームが載っていて……」

千春は、リストを見つめるユウの真剣な目に気付いて口を噤《つぐ》んだ。

つい観光気分が出てきてしまったが、将平のことが先だ。

「ごめんなさい、それどころじゃないのに……」

「え？　いや、いいよ、気にしないで。それに、自分のことを捜してばっかりで僕らが観光を楽しめなかったって知ったら、将平さん絶対気にするから……」

「それはまあ……」

「将平さんなら大丈夫だよ、きっと。ただ、僕はできれば将平さんを見つけて一緒に観光したいなって思うんだ。その方がきっと楽しいから」

確かに、将平は立派な大人で、この辺りの地理にも明るい。天候だって風は強いが、今のところ青空が見える。

ユウの声には自分に言い聞かせるような響きもあったが、千春は自分とユウを励ますためにも頷《うなず》いた。

「私も将平さんと観光したい。捜そう」

どの店も調べると電話番号が出てきたが、道中で何かトラブルが起こっている可能性もあるため、実際に一軒ずつ車で回ってみることにした。基本的には近所か、一番遠くても北見駅前だから、車で一時間くらいの距離だろうか。北見駅の方は最後にした。

そして、将平捜し兼有名店巡りが始まった。


冬に暖かい部屋で飲むクリームソーダは、夏とはまた違う特別な感じがして美味しい。千春はまだおなかに朝食が残っている気がしていたが、ぺろりと平らげてしまった。

店には将平はいなかったし、訪ねてきたりもしていないということだった。

勿論、道中も特に事故が起こったり人が倒れたり……ということはない。

さらに寿司《すし》屋と定食屋を訪ねて訊《き》いたものの、将平の姿は見つけられなかった。

将平やミチからの連絡も無い。

「昼食のお店の下見ってことだったけど……ここら辺じゃないのかなあ」

千春は駐車場に停めた車の運転席に乗り込むと、メモを取り出した。リストには常呂町内にもう一軒あるが、ここを訪ねても将平がいなければ、次のお店は常呂から出ることになる。

「……ちょっと待って」

不意に、ユウが何か気付いた様子で、助手席からメモを覗《のぞ》き込んだ。

「将平さんは、お店って言ったんだっけ？　このメモには確かに昼食を食べられるお店が並んでいるけど、ミチさんによると、将平さんは、正確には、昼食の下見って言ってない？」

「え？　そうだった？　昼食の下見……って、でも、やっぱりお店のことじゃない？　ミチさんもそう思ったから、このリストを作ってくれたんだろうし。たとえば自分の家で料理を振る舞うなら、下見じゃなくて準備って言うだろうし……」

「お店でも、自宅でもない場所は？　その場合も、下見って言うんじゃないかな」

千春は考えたが、思い浮かばなかった。ユウはもどかしそうに、車の外を指差した。

その頃には風はかなり強くなり、巻き上げられた雪が地吹雪となって視界は悪かったが、そちらの方向に何があるのか、千春はすぐに気付いた。

「…………湖？」

そこに船はない。船はすべて引き揚げられて、港に並んでいる。

「氷下漁の話を覚えてる？」

「うん……」

　船を出せないこの時期、漁師たちはスノーモービルに乗り氷上に出て、チェーンソーで氷に穴を開け、待ち網漁をする。キュウリウオやワカサギ、チカ、カレイなどが獲《と》れるという。

「ワカサギ……チカ……」

　そういえば、待ち網漁でなくとも、氷に穴を開けて釣りをすることはできる。チカやワカサギはそうやって釣れる。ワカサギなら川か湖だが、チカは海水で暮らすためワカサギと違って淡水域や川には入らない。サロマ湖は汽水湖だからワカサギ釣りと一緒にチカ釣りもできて、大きなのが何十匹と釣り上げられるという。

「そう。釣りだよ。釣ったものをその場で揚げて食べることだってできる」

「なら、昼食の下見はお店じゃなくて——」

「サロマ湖だよ」

　千春は思わず車から外に出た。吹き付ける地吹雪の向こう、道路の先にサロマ湖が広がっているはずだ。ユウの考えには納得できた——だが、あまりに広いのではないか？

　サロマ湖は汽水湖としては日本最大を誇る。しかも、チカは川には入らないといっても河口付近も漁場となる。将平の獲物がワカサギなら川の中も考えなければならない。人間一人を捜すには、ここは広大すぎる。

「大丈夫」

まだ助手席に座ったままのユウの声は、何故か確信めいたものを感じさせた。

千春はどうしてユウがそんなに自信ありげなのかわからなかったが、とにかく移動のために車に戻り、エンジンをかけた。

風が強い。

常呂の辺りは札幌よりも随分東にあるので、日が昇るのも沈むのも少し早い。オホーツク海から太陽が昇る様も、サロマ湖へ沈む様も、ここではどちらも見ることができる。今はどちらの時間でもない。日の出からは二時間以上経ち、日の入りまではまだ何時間もある頃だ。

宿でのユウたちとの約束の時間まで、あと一時間ほど。

サロマ湖沿いの道路に出て、夕陽の名所を過ぎてしばらく行ったところで、将平は目当ての駐車場を見つけた。

他には一台しか停まっていないガラガラの駐車場に車を停め、トランクを開けて道具類を確認している時だった。

人の気配を感じて振り返ると、駐車場のトイレから子どもが出てきた。

「あっ」

こちらへ歩いてくるその姿を見て、思わず声が出た。向こうも将平を見やって、あっと叫んだ。息が白く口から零《こぼ》れ出た。

中津《なかつ》ミナト。中津家の孫娘だ。

ミナトは突然将平に背を向けて駆け出した。

「えっ!?　あっ、ちょっと待って！」

びっくりさせてしまったのだろうか。いや、こっちだってびっくりしたのだ。何しろ、将平が職場を出た時、彼女の祖父母はまだ宿にいた。子どもが一人でこんなところまでふらふら歩いてきたことになる。徒歩で……小一時間ほどかかるのでは？

将平も、ミナトを追って駆け出した。

「俺だよ！　ほらっ、将平！　何年か前に遊んだことが……」

声に出してそう言った後、相手が覚えていない場合、あまりに不審者っぽい物言いではないかと気付いて口を噤《つぐ》んだ。子どものミナトに何年も前にここに遊びに来た時の話をしても覚えていないだろうし、だいたいこんな言葉がけでたいして知りもしない大人を信じられたら、それはそれで心配になる。

ではどうしたら？

この辺は人気もなく、人家からも漁港からも離れている。散歩にしたって歩き過ぎだ。

迷ってここまで来てしまったのかもしれない。

それに、天気が悪い。

今は晴れているが、風が強い。地吹雪のように巻き上げられた雪が、視界を覆う。

放っておくのは怖かった。

ところが、なんと声かけしようかと躊躇《ちゅうちょ》する将平の前で、ミナトはガードレールの上に上った。

何をするのか、落ちるぞ、危ないぞ——と声に出そうにも、そんな暇もなかった。

乗り越えようというのか、ミナトの身体がガードレールの向こうへと傾いた。

将平はガードレールに足をかけて手を伸ばし、ミナトの腕を摑《つか》んだが、体勢を崩して、咄嗟《とっさ》に自分の身体をミナトと地面の間に滑り込ませた。

落ちた先は湖岸だ。枯れた下生えと細い木々には雪が積もっていたが、将平とミナトは雪から突き出た枝や根の中に突っ込んでしまった。

「危ないだろう……」

将平は呻《うめ》くような声で言った。自分で思ったよりも痛そうな声になった。

あちこち擦りむいていたものの、雪もあって、大きな怪我はなさそうだ。ミナトの方は枯れ葉や雪に塗《まみ》れていたが、無事に見える。目を丸くして、将平を見ている。

ミナトは素早く立ち上がったが、今度は逃げずに立ち尽くした。将平が自分を庇《かば》ったことがわかったのだろう。

「あっ、えっ、なんで……？」

「いや……だから、別に俺は心配だっただけで……ミナトちゃんだよな？　将平だよ。覚えてないかもしれないけど。一人なのか？　こんな天気の日に、宿から離れて危ないだろう」

「お、おじさんだってここにいるよ」

「俺はいいんだよ、車だし！　ほら、戻るぞ」

将平は立ち上がろうとした。膝《ひざ》を立ててそばの木の枝を摑み――だが、そこで思わず声を上げそうになり、代わりに息を大きく吸って再び座り込んだ。

足首に力を入れるとかなり痛い。

折れていたりはしないだろうが、捻《ひね》ったらしい。

将平は背が高い分体重も重い。その重さを支えようとした途端、足首に割れるような痛みが走って、立ち上がれなくなった。反対の足に体重をかけてそろそろと動けば立ち上がれるかもしれない。しばらく痛みに耐えてから、将平は思いきって実行に移した。そばの木にしがみつくようにして、立てた――しかし、平地ならまだしも、この足で斜面を登るのはきつそうだ。

「だ、大丈夫？」

「当たり前だろ」

そう言いきったが、見た目からしてまったく大丈夫そうではなかっただろう。なんとかして車に戻らねばならないが……。

ミナトは手を貸そうとしてくれるが、さすがに将平の体重を支えるのは無理だ。そうこうするうちに風も強くなってきた。将平は痛みに耐えかねてまた座り込んでしまった。

ミナトは将平が痛そうに顔を歪《ゆが》めるのを見て、半泣きになった。

「ごめん、あの……変な人かと思って……逃げようとして……」

「わかったわかった。……でも、湖に向かって逃げても、誰もいないだろ。人のいる方へ逃げた方がいいんじゃねえの？」

「ううん」

ミナトは目を丸くして将平を見た。不思議そうな顔をしていると思った。将平も同じような顔で訊《き》き返した。

「湖に……人がいるのか？」

「いるよ。上から見えた。あっち！」

将平は言われた方を見た。遮るもののない氷上は、地吹雪がいっそう強かった。氷の上に積もった雪も、舞い上がる雪も、同じ色をしていた。少し前までは晴れ間が見えた空も、強風によって運ばれた雲に覆われつつある。

その何もかもが白っぽい世界に、鮮やかな黄色が一点、滲《にじ》むように見えた。

「テントだ……」

氷上のテント。

釣り人がいるのだ。

❄

黄色いテントの中に頭を突っ込んだ千春は、へなへなとその場に座り込んだ。

「本当にいた……」

安堵《あんど》のあまり全身の力が抜けた。

テントの中には、足をゆったりと伸ばした格好の将平がいた。家族でも使えそうな大きめのテントは床の半分がそのまま凍った湖面となっている。分厚い氷には穴が開けられ、冷たい湖水まで貫かれて、将平の隣に立つ女の子は、そこに釣り糸を垂らしていた。

「将平さん、無事で……いや、無事じゃないじゃないですか！」

千春に続いてテントへ入ったユウが、将平の姿を見て狼狽《ろうばい》した声を上げた。

将平の顔にはあちこちにひっかき傷があり、足もどこか痛めているような座り方だった。

「あっ、アニキ、俺……」

立ち上がろうとする将平を、ユウは無理やり押しとどめた。

「安静にしていて！　痛いところは？　骨とかは……いったい何があったんですか？」

「大丈夫っぽいですよ。ただ足だけ痛めてるんで、今冷やしてるんですけど」

黄色いテントに、さらに三人目の人物が入ってきてそう言った。テントの持ち主の男性で、鳴海《なるみ》と名乗った。

千春とユウは将平を捜しにサロマ湖に来たところ、駐車場でトランクを開けたままの将平の車を見つけた。風が強く将平の姿も見えず困り果てていたが、幸い黄色いテントは遠くからでもよく見えて、とりあえずあそこに行ってみようとなったのだ。

そして、まさにそのテントの中に、将平がいた。

「えっ、でも、どうしてここがわかったんです？」

「たくさん提案してくれたじゃないですか。こっちに来るって言ったら、何パターンも観光ルート送ってくれて……その中に、チカ釣りのことがあったのを思い出したんです。釣りスポットの地図も送ってくれたから、ここまで来られたんですよ」

ユウはそう言って、懐からスマートフォンを取り出した。

「ほら……」

将平からのメールを見せて、添付されたファイルを開くと、地図や写真入りの観光情報が出てくる。地図の一つを拡大表示すると、サロマ湖近くの駐車場に丸印がついている。将平の車が停まっていた辺りだ。

見てもいい？　と確認して、鳴海が横から覗《のぞ》き込んだ。

「うわ〜、すごい情報量だね。あっ、でもバッテリーなくなりそう？」

「えっ、本当だ……」

「めっちゃくちゃ寒いからね〜、電圧が下がってるんだよ。あっためると回復するよ。っていうか電波も届かないしね。でも今日は釣れなくてさあ、思わずスマホいじってたら、俺もあっという間に使えなくなって、内ポケットに入れてあっためてる」

　わははと鳴海は笑い、ユウと千春を指差した。

「で、外で天気見てたら、この人たちに声かけられてね。大柄な若い男性を知りませんかーって。それ、今うちのテントにいるあの人？　って思ったら大当たりだよ」

「ありがとうございます。友人がお世話になりました」

「いいよ、困った時はお互い様。二人がふらふらになってテントまで来た時は、何事かと思ったけどね。よくここまで歩けたよねえ。頑張ったよ」

　地吹雪は今もテントを叩《たた》いてばたばたとうるさいほどだ。特に湖上は遮るものがないせいか風が強く、体感温度がどんどん下がっていく。こんな中で助けもなかったら、と想像して、千春はぞっとしてしまった。

「すみません、アニキも、千春さんも、連絡できなくて……その、スマホ落としちまったみたいなんです……」

「わっ、私のせいなの！　あの、私がガードレールの向こうに逃げようとして、おじさんは私を守ってくれて、その時に落としたみたいで、でも見つからなくて……」

女の子が脇からそう叫んだ。目元が赤く、泣いた様子が窺《うかが》える。鳴海は彼女から釣《つ》り竿《ざお》を受け取った。

「俺がどっか助けを呼びに行こうかって相談してたところだったんだよ」

将平はかなり大柄だから、小柄な鳴海が一人で抱えていくのは難しいだろう。風も強く、転倒する可能性もある。子ども連れで、危険なことは避けたいところだ。

「だから、本当、お友達が来てくれてよかった～！　これだけ大人がいたらこの兄さんも運べるし。あ、それに天気ももう少し待てば回復するかも。さっきラジオ聴いてたけど、昼過ぎには回復するだろうって」

「本当!?　よかった……」

女の子は心の底から安堵した様子で息を吐いた。彼女の顔を見て、千春はようやく、見覚えがあることに気付いた。

「あっ、えっと……なんだっけ、ご家族と宿に来てた子……だよね？」

「はい、あの、ナカツミナトです……」

「……宿の人？」

ミナトはそう答え、千春の顔を見つめてちょっと自信なさそうに首を傾げた。

「あっ、いや、私たちは将平さんの友達で、遊びに来ただけ……将平さんは、どうしてこの子と一緒にいたんですか？」

「それが……」

将平が説明しようとした時、何か大きな音が響いた。

おなかの音だ。

千春ではない。

鳴海がわははと気のいい笑い声を上げた。

「おなか減ったかい？　なんか食べるか」

言われたミナトは色素が薄く、赤面しているのがよくわかった。


たいして釣れなかったんだけども、と恥ずかしそうに鳴海は言った。その言葉の割に、太く大きなチカが氷の上にずらりと並んでいた。二十四はいるだろうか。ワカサギによく似たしなやかな魚体は銀色に輝き、ワカサギよりもやや大ぶりなものが多そうだ。そのまま氷の上に置いておくだけで冷凍と同じになるのだから面白いなと思う。鮮度は抜群だ。

鳴海はテントの外に設置した小さな焚火《たきび》台で火を焚《た》いていた。そこへ長方形の鍋《なべ》を置いて、油を注ぐ。比較的小ぶりなチカを選んではらわただけ除いたユウは、軽く下味を付け小麦粉をまぶした。

「しっかり揚げると頭も骨も食べられるんですよ」

風はまだ強かったが、徐々に弱まってきているようだった。昼過ぎに収まるという予報は当たりそうだ。

ユウはチカをそっと油に入れた。すぐに音を立てて泡が出てくる。

「悪いね、ソロのつもりだったから、小さい鍋しかなくて……」

「いえ、貸してくださってありがとうございます。美味《おい》しそうなチカですね」

「料理人さんだったなんてねえ。もう全部使っちゃってよ。俺も捌《さば》くの面倒だし」

ぱちぱち、じゅわじゅわと耳に心地よい音が聞こえてくる。朝食をあれだけ食べた千春も、そわそわしてきた。ミナトは興味津々でチカが揚がるのを見つめている。

千春はその様子を見て、昨夜のミナトの姿を思い出した。食事が進んでいないようだった。

「……もしかして、朝ご飯、あんまり食べられなかった？」

「えっ……あ、はい……」

ミナトはもじもじして答えた。

「なんか、ちょっと……食べたいのなくて」

「そっかぁ……」

テントにいる将平が聞いたらショックを受けるかもしれない。彼は夕食の時も、ミナトが少ししか食べていないのを気にしていた。

音を立てながらきつね色に揚げられていくチカを前にして、ミナトは食欲を刺激されているようで、またおなかの音がした。……いや、今のは鳴海らしい。

鳴海は、わははと笑って頭を掻《か》いた。

「いや～、美味《うま》そうで……」

　ミナトもちょっと笑っていた。

　チカの唐揚げの準備をしながら、将平とミナトの説明を聞き、千春たちはだいたいの事情を把握した。チカ釣りの下見に来た将平はミナトを見つけて心配して追いかけ、ミナトは不審者に追いかけられていると思い込んで逃げ出した。スマートフォンは湖岸に滑り落ちた時に落としてなくし、そのために連絡もできなかったが、幸運にもテントがあり、風が収まるまで休ませてもらっていた。かなり無理をして歩いたせいで、足は最初より腫《は》れてしまったそうだ。

　話を聞いた千春は真っ先にミナトにスマートフォンを貸して祖父に連絡させようとしたが、電波が悪くて繋《つな》がらない。

　そこで、一旦《いったん》千春だけ電波の入るところに移動して宿に連絡を入れた。電波が悪いこと、ミナトが一緒にいて、無事であること、将平が怪我をしたが風が止《や》めば移動できることを伝え、後で二人とも宿に送り届けると言っておいた。

「今日はどういう予定だったの？　おうちの人、心配してない？」

「今日はおじいちゃんたちは大人の人とお話があるからって……私は宿の部屋で過ごすように言われてて、お昼になったらおじいちゃんたちも部屋に戻るから、ご飯を一緒に食べることになってました」

　随分しっかりした子だな……と千春は思い、そこでまじまじとミナトを見た。子ども用の食事があったし、小柄だったため遠目では未就学児からせいぜい小学校低学年くらいまでの子だろうと思っていたが、こうして見るともう少し年上に見える。

とはいえ、旅先で一人ふらつくのは不安が残る年齢だ。

「部屋からは黙って外に出たの？　一人で？」

「……はい。ゲームも飽きて、暇だったから、散歩でもしようと思って。この辺は小さい頃に来たことあったし、大丈夫かなって」

黙って出てきたことは後ろめたい様子だ。ということは、祖父母たちはまだ彼女が部屋にいると思っていたのかもしれない。部屋にいるはずの孫がいきなり外にいて、しかもサロマ湖の上ですよ、というのは衝撃的だったのではないだろうか……と千春は思った。電話では保護したことだけ伝えたが、他にもっとよい伝え方があったかもしれない。

「お散歩行くね、とは書き置きしたんですけど……」

ミナトも心配そうだった。

その目の前に、綺麗《きれい》に揚がったチカの唐揚げが差し出された。皿代わりの鍋の蓋《ふた》の上に、二尾。外側はカリッとして、濃いきつね色に輝いている。

目のある魚が怖い……という小さなお客がいたことを思い出し、千春はミナトの様子を窺った。ミナトは口を薄く開いてチカの唐揚げに見入っている。輝く唐揚げを見つめるミナトの目も輝いて見えた。

「鍋小さいから、ちょっとずつしか揚げられないんだよねえ。それ、テントの中のお兄さんと先に食べててよ」

自分も腹を空《す》かせているはずの鳴海がそう言った。ミナトは喜んで唐揚げを受け取り、テントへ入った。

割《わ》り箸《ばし》を持たせ忘れたことに気付いて、千春が少し遅れてテントに入ると、ミナトも将平も手《て》摑《づか》みで熱々の唐揚げを食べていた。

「えっ、大丈夫？」

「あひっ、熱いっすけど……さすがアニキの飯は美味いです！」

将平はそう言って残った半分のチカもぺろりと平らげたが、ミナトの方は涙目になっている。そもそも熱くて持つのも難しそうだ。

「む、無理しないで。ほら、お箸あるから……」

「ありがとございます……」

もごもごと少し舌足らずな礼を言い、ミナトは箸を受け取った。改めて箸で唐揚げを食べ始める。チカは、外はかりっと、中はふんわり揚がっていた。ミナトが小さな口で食べ進める間中、さくさくという心地よい音がする。チカの少し青臭いような香りも広がる。朝から宿の食事をしっかりお代わりまでして食べた千春も思わず食べたいと思ってしまった。

「美味しかったあ……」

ミナトはカリカリに揚がった尻尾《しっぽ》まで平らげ、幸せそうに呟《つぶや》いた。あんまり美味しそうに食べるので、千春は空になった蓋を受け取って訊《き》いてみた。

「もっと食べる？」

「いいんですか……？」

期待を込めた確認だ。千春は笑って頷《うなず》いた。

「たくさんあったから、きっと大丈夫だよ。待っててね」

その後、ミナトは次々揚がるチカを何尾も食べた。

ミナトの食べっぷりを眺めて、将平はどこかほっとした様子で言った。

「具合悪かったわけじゃないんだな。よかったよ」

まだミナトの口にはチカが詰め込まれていた。顎《あご》をもぐもぐと健康的に動かしながら、ミナトは小首を傾げた。

「いや、ほら……あんまり宿の飯食べてなかったみたいだからさ、具合でも悪いのかと思ってたんだ」

ミナトはさらに数秒かけてチカを飲み下した。

「……それは、あの……」

口籠《くちご》もるミナトに対して、将平はからからと明るく笑った。

「いいんだよ、アニキの飯美味いもんな！」

「そうじゃなくて、いや、美味しかったけど……」

ミナトは何か言いたげだったが、そのままだと将平は気にするなと言って話を切り上げそうだったので、千春が間に割って入った。

「待って待って。もしかして、何か理由があるの？」

「えっと……」

ミナトは懸命に頭の中で言葉をまとめている様子だった。将平の隣でシートの上に膝《ひざ》を立てて座り、唐揚げの油がついた両手の指を突き合わせたり、擦り合わせたりしている。

「同じのばっかりで……飽きちゃったんだと思います……」

同じといっても、宿の夕食と朝食に共通するメニューは白米くらいだ。

千春の疑問が伝わったのか、ミナトは説明を続けた。

「あ、同じって、おじさんの宿のご飯の話じゃなくて。私、おじいちゃんたちと旅行してて、ここが四泊目なんです。学校はその、色々あって休んじゃってるんですけど……。それで、今回の宿でもそうだったんですけど、あの……子ども用のご飯をわざわざ用意してもらってて……」

なんとなくわかってきた。

千春は将平に確認してみた。

「将平さん。今回の子ども用のメニューってなんですか？」

「え？　そりゃ子ども向けだから、子どもの好きそうなものばっかりだろ。ハンバーグ、唐揚げ、海老フライ、フライドポテト、ポタージュ……あ」

将平も列挙しながら気付いたらしい。

「そうか。他の宿でも同じようなものが出てきたのか！」

ミナトは深刻そうな顔で頷いた。

「そうなんです。勿論《もちろん》、最初は美味《おい》しかったけど……どこ行っても夕食はだいたいその組み合わせで……もうだんだん見ただけで嫌になってきて。それでも一昨日《おととい》まではなんとか全部食べてたんですけど、昨日出た料理が頑張って食べた一昨日の料理とほとんど同じで……」

宿だって子どもの好きなメニューを考えて用意しているのだろうが、その結果同じような並びになる……というのはありそうな話だった。

「お父さんとかお母さんと一緒なら、大人のを分けてもらえばよかったんですけど、おじいちゃんおばあちゃんには、あの……言いにくくて。実は、私がまだ子どもだから、子ども向けがいいだろうって、おじいちゃんおばあちゃんが宿にわざわざ頼んで、子ども向けを出してもらってたんです」

千春はミナトの前に並んだ料理を思い返した。そう、ああいった子ども向けの食事は宿にもよるがだいたい小学校低学年くらいまでで、それより大きい子は大人と同じか、大人用のメニューを一部変更したくらいで出すことが多いように思う。

「朝ご飯も子ども用だと玉子焼きじゃなくてハムエッグだったり、いや、好きですけど……私もかにのお味噌汁《みそしる》とか食べたかったから……！」

それは……切ない。たくさん残して勿体《もったい》ないし、作り手としては残念としか言いようがないが、千春は同情してしまった。

「そっかあ……それは気付かなかったなあ……」

将平はミナトを責めることなく、申し訳なさそうに言った。ミナトはその様子を見て、何か勘づいたらしかった。

「あのう……もしかして、おじさん、宿の……お台所の人？」

「ああ、そうだよ。俺がメニュー考えて、作ったんだ」

「あっ……」

ミナトの顔色が変わった。口元を歪《ゆが》めて、なんだか泣きそうな表情にも見えた。

「……ごめんなさい。作った人のこと、今まで考えてなかったです……」

将平を前にして、初めてその存在に気付いたのだろう。どんな食事だって、誰か作ってくれる人がいるから食べられるのだ。

将平は頭を掻《か》いた。

「たくさん残るのは、そりゃ悲しいけど。俺だって、毎日同じメニューだと飽きるからなあ……何か方策考えた方がいいよな」

「ほうさく……？」

「工夫だよ。工夫がいるなって。ほら、楽しかった、美味しかったって帰ってほしいからよ。あと一泊あるんだろ？　楽しみにしてな」

てっきり叱られると思っていたのだろう。ミナトは目を丸くして、それからゆっくりと瞬《まばた》きした。

「か……牡蠣《かき》の……」

「ん？」

将平に訊き返されて、少し恥ずかしそうに、ミナトは言った。

「牡蠣のグラタンのやつ……殻に入ったの。あれ、食べてみたい……」

「ああ！　コキールっていうんだ。連泊の人はメニュー変えるんだけど、ミナトちゃんの料理には絶対入れるから、安心していいぞ！」

「やった！」

ミナトは飛び跳ねそうな勢いで喜んだ。

「次のチカだよ」

鳴海がテントの入り口から頭を入れてそう言った。なんだかもごもごした喋《しゃべ》り方だと思ったら、彼もチカを食べているところだった。

鳴海は千春の持つ蓋《ふた》の上にチカの唐揚げを載せると、すぐに戻っていった。

「ありがとうございます！　ミナトちゃんは食べる？」

「あ、いえ、もうおなかいっぱいです……」

「将平さんは？」

「食べたい！」

今まではミナトを優先させてお代わりは控えていたらしい。将平の元気のよい返事に、ミナトはおかしそうに笑った。

「おじさん、クラスの男子みたい」

本物の小学生に小学生認定を出されてしまった将平は、さすがに愕然《がくぜん》とした顔をしていたが、千春もつられて笑ってしまった。

将平がそれを見て照れ臭そうに唇を尖《とが》らせた。

「なんだよ。じゃあ俺は小学生なので二尾ともいただいちまいますね！」

「笑ってごめんなさい！　私も食べます！」

千春は即座に頭を下げた。

千春だってずっと食べたかったのだ。子どもを優先させたが……。

将平はにやりと笑った。

「わかってるよ。どうぞ」

「ありがとう。いただきます！」

誰に取られるわけでもないのに、急いで割《わ》り箸《ばし》を割った。

チカは想像していた通りさくっと軽く揚がっている。ワカサギより臭みがなく、身は柔らかく、香りも上品だ。振りかけられた塩気がほどよく、チカの淡泊な味を引き立ててくれる。

「美味しい……！」

熱々で涙が出そうになった。将平を見ると、彼も同じように熱さで涙目になっていたが、千春に向かって親指をぐっと立てて見せた。

つい先刻釣ったものを、その場で下処理して揚げているのだ。テントで風が防がれているとはいえ、寒さが骨身に染みこむ中、こうして揚げたての唐揚げを食べていると、身体も心も温まってくるようだ。

なかなかできない体験に感動し、千春は思わず呟《つぶや》いた。

「こういうの、お店で出せないかなあ……」

すでにチカをぺろりと平らげていた将平が、呆《あき》れたような顔で千春を見やった。

「仕事熱心だなあ」

「だってすごく美味しいから……」

「これが旅行の醍醐味《だいごみ》ってやつだよ。……本当は、二人には俺からプレゼントしたかったんだけどよ」

将平は項垂《うなだ》れて元気のない声で言った。

千春はその背中をやや強めに叩《たた》いた。

「気にしないで。こうして合流できて、まずはよかったんですから」

「……うん。捜してくれて、ありがとう。感謝してる」

立ち上がれないながらも精一杯頭を下げる将平に、千春は焦って言葉を返した。

「いいんですってば。それに、ほら、私も食べにくくなっちゃうし……」

その言い方がおかしかったらしい。

将平は唖然《あぜん》とした顔で千春を見上げると、険しかった表情を緩めて、呆れたように笑った。

天気予報よりも少し早く、正午頃には、風は、少し強いかな、という程度に収まっていた。

空もまた晴れつつある。雲が散った青い空の下、白く氷結した湖面がどこまでも広がっている様に、ミナトも千春も歓声を上げた。

鳴海はチカと道具と油と焚火《たきび》と安全なテントを提供してくれた。将平とミナトが無事だったのはほぼ彼のおかげだった上、将平を千春たちの車まで運ぶのも手伝ってくれた。代わりにユウと千春でテントの解体と荷物運びを手伝おうとしたが、将平とミナトを早く宿に帰した方がいいと、遠慮されてしまった。

「命の恩人です。ありがとうございます！　必ず改めてお礼に伺います！」

「いやあ、いいよ。なんか照れ臭いし……」

別れ際、将平が連絡先を知りたがったが、鳴海は随分嫌がって、結局、はにかむように笑って言った。

「じゃあさ、またよかったらチカ釣りに来てよ。今度は自分で釣って、楽しんで。それで、もしそこで俺を見かけたら、声かけてくれな。それだけでいいよ」

「はい！　必ずそうします！」

そういえば、将平はそもそもチカ釣りの下見に来たのだった。

気を付けて、と最後まで車を見送る鳴海と別れ、千春は宿へレンタカーを走らせた。

「でも、本当に合流できてよかった！　ミナトちゃんも帰るの遅くなってごめんね」

千春が運転しながら話しかけると、ミナトが落ち込んだ声で答えた。

「ううん。私が逃げたせいで怪我させちゃったので……」

「いや、俺はまあ、怖がられる方だからよ。気にしないで、これからも不審者からは逃げるんだぞ！　でも、足元は気を付けてな」

将平はミナトの隣でそう言って笑った。足首はまだ痛むようだったが、ユウが揚げたチカの唐揚げを食べて、将平は随分と元気を取り戻していた。

「将平さん、ミチさんが宿で待ってるって」

ユウが助手席からそう声をかけると、将平がくぐもった声を上げた。ミチが心配しているだろうことを察したらしい。

将平とミナトを見つけた千春は、ミチに電話した。ミチは将平が見つかったことは喜んでいたが、怪我をしていると聞いて声を震わせて心配していた。

「あの人は俺のことを小さい子どもだと思ってる節があるからよ……」

「……こんな大きいのに？」

ミナトが目を丸くして呟いた。

レンタカーが宿の駐車場に戻ると、すでにそこには大勢の人が待ち構えていた。もうすぐ着くとは連絡したものの、宿のスタッフはほとんど全員いたようだし、勿論《もちろん》ミナトの祖父母も心配そうに足踏みをしていた。

天候が回復するのを待っていたとはいえ、チカの唐揚げを頬張っていたことも事実で、千春は出迎えに若干気まずさを覚えた。

「お、遅くなってすみません……」

無事を喜ぶミナトの祖父母に思わず謝ると、むしろ何度もお礼を言われてしまった。

「とんでもない！　この子が勝手に抜け出しているなんて、連絡いただくまでまったく気付かなくて……。こちらこそとんでもないことになるところを、本当にありがとうございました」

「いえいえ……」

千春はいっそう申し訳なくなった。チカ臭いと思われたらどうしよう。

日の照っている昼間とはいえ二月の外に突っ立っているのも寒いので、すぐに宿のスタッフが将平に手を貸して建物の中へ入った。

玄関から近い談話室に、将平と千春とユウ、伯父《おじ》の航児やミチ、それにミナトたちが集まった。

ミナトは無事を確かめる祖父母にもみくちゃにされて、謝ったり状況を説明したりと忙しそうだった。

一方、将平の方は、ミチから小言をもらっていた。

「まったく、あんまり年寄りを心配させるもんじゃないよ！　大上様からご連絡もらった時は、本当に心臓が止まるかと思ったんだよ！」

将平は、何度目かわからない『すんません』を繰り返している。航児がミチを宥《なだ》めた。

「まあまあ、そのくらいで。将平をそろそろ病院に行かせましょうよ」

だが、ミチはぴしゃりと言った。

「午後の診察は一時四十五分からですよ」

「うん、まあ……そうですね……」

まだ正午を過ぎたくらいだ。これから一時間半近くミチから絞られるのだろうか。将平の顔も強張《こわば》って見えた。

だが、将平は航児の顔を見て、何かを思い出したように、あっと叫んだ。

「そうだ！　伯父貴に相談があるんだ。お子様用の食事なんだけどさ、事前に幾つかの中から選べるようにできねえかな？」

「うん？」

無事を確認したばかりの甥《おい》からそう言われて、航児は太い眉《まゆ》を寄せた。

「ほら、宿のお子様用の料理ってさ、何泊もする旅行だと飽きちまうんじゃないかなって。どこも子どもの好きそうなメニューって考えたら、似通っちまうだろう？　なら、予約の時に何種類かから選べるようにしたら、選ぶ方も楽しいし、こっちだって食べ残しが減って気持ちいいかなって思うんだ」

「ははあ……なるほどなあ」

航児が感心したように唸《うな》った。

「確かに、それはやってみても……」

いきなり、そこでミチが将平の手を握った。

「将平ちゃん、あんた、偉いねえ！　こんな自分が大変な時に、そんなふうにお客様のこと考えて……偉い！　やっぱり、アタシは将平ちゃんにここを継いでほしいよ！」

「えっ⁉　いや。ちょっとやめてくださいよ、ミチさん……」

将平は心底嫌がっている様子だが、ミチは盛り上がって、ミナトの祖父をじろりと睨《にら》みつけた。

「本家の誰かさんがしゃしゃってくる隙なんかないんだからね！」

「ミチさん⁉」

将平がさすがに焦った声を上げた。いや、客にそんな正面から啖呵《たんか》を切ったらまずいだろう……と千春も冷や冷やした。

ミナトの祖父のナカツは、はーっと長い溜息《ためいき》を吐いた。

「またその話か、ミチ！　私はそんなつもりじゃないと言ってるだろう！　ここには遊びに来ただけだ！」

「あんたみたいな性格悪い男の話を誰が信じるってんだい！　五十年前の釣り大会の恨み、まだ忘れちゃいないんだからね！」

「おまえこそなんだ、それを言うなら私のワカサギ全部川に落としたの忘れちゃいないぞ！」

「ありゃあんなところに置いとくあんたが悪い！」

ミチもナカツもそれぞれ穏やかな人物に見えたのに、二人揃うととんでもないことになってきた。千春は圧倒されてしまったが、航児もミナトの祖母も、お互い申し訳なさそうにしていた。

「ナカツさん、本当に毎度申し訳ないです……ミチさんっ、ほら、ナカツさんはそんな人じゃないんだから！　今回はね、本当に遊びに来てくれただけだって！」

「あなたもやめてくださいよ、ミナトの前ですよ」

……どうやら、ミチとナカツはかなりの不仲のようだ。なるほど、将平はこの二人の間に立たされていたらしい。それは……大変そうだ。

ナカツは妻の言葉に我に返った様子でミナトの方を振り向いた。ミナトは確かに不安そうな顔をしていた。祖父のこんなところを見たのは初めてだったのだろう。

「こりゃ……あの、ごめんね、ばあちゃんたち、大きな声出しちゃったね」

ミチも申し訳なさそうにミナトに謝った。ナカツの方も狼狽《ろうばい》している。

航児が咳払《せきばら》いをして、気まずい空気を払拭《ふっしょく》しようとした。

「とにかく……将平のアイディアを検討してみよう。予約の時に大人の食事からも子ども用を選べる形式にしたら、すぐにでも採用できそうだ」

「今日の夜からはできないかな？」

将平が、ミナトを気にしてそう尋ねた。やりとりを見守るミナトをちらりと見て、航児は頷《うなず》いた。

「わかった。今日から調整してみよう」

将平はミナトを振り返った。

「よかったな、ミナトちゃん！」

「うん！」

彼女の祖父母は互いに顔を見合わせて、何か勘づいたようだった。

「もしかして……子ども用の食事、嫌だったのかい？」

「えっ、あっ——」

祖父母に気を遣って言わないようにしていたが、話の流れでわかってしまったのだろう。祖母がミナトを気遣うように言った。

「昨日は具合が悪いのかと思っていたけど、そうだったのね」

「ご……ごめんなさい。気を遣ってもらったのに……残しちゃったし……」

もごもごと謝るミナトに、祖父は困惑した様子で話しかけた。

「確かに残すのはよくないが……じいちゃんたちも気付かなくて悪かったね。ミナトは何が食べたいんだ？」

「えっと……」

ミナトは将平を見やって、言葉を思い出そうとしているようだった。

「牡蠣《かき》の……あの……」

将平はにかっと笑って言った。

「牡蠣のコキールな！　俺が作ってやるから、安心しろよ」

「ありがとう」

ミナトの笑顔は明るく晴れやかで、見守る千春の気持ちも明るくなった。

ほう……という吐息が聞こえて、千春は隣で同じソファに座るユウを見やった。ユウは胸を撫《な》で下ろし、安堵《あんど》の表情を浮かべていた。まるで意見をした将平本人のように緊張していたらしい。気持ちはわかるが、当の将平より緊張した様子に、千春は思わずふふっと笑い声を漏らした。

「よかったね！」

千春が言うと、ユウは照れたように頭を掻《か》いた。

「うん……」

それから、彼はミナトと今日のメニューを考える将平を眺めて、その目を嬉《うれ》しそうに細めた。

「よかった。将平さんが、すごく元気で」

その言葉に、千春は自分のアパレル会社を潰《つぶ》して落ち込んでいた将平を思い出した。ユウも当時の将平を思い出してそう言ったのかもしれない。

航児と話していた将平が、航児に手伝ってもらいながら立ち上がった。何かと思ったら、足を引きずりながら千春たちの方へやってくる。

千春は慌てて椅子から立ち上がった。

「あっ、無理しないで。どうしたんですか？」

「俺、病院行かないといけなくなっちまって……」

「そりゃそうですね……」

まだ引きずるくらいなのだから、無理をしないでほしい。

将平は、抱えてきた鞄《かばん》の中から、ホチキスで閉じた紙の束を取り出した。

「これ……この辺の観光情報を網羅しました。事前に決めたルート以外にも、色々候補があって……もうあんまり時間ないかもしれないんですけど、よかったら使ってください！」

そう言って、冊子を差し出してくる。

「あ、ありがとう……」

圧倒された様子のユウが受け取り、千春も一緒に冊子を見た。テーマごとに分けられて、表紙にポップなフォントで『グルメ』『ちょっと足を伸ばして』『体験型』『自然満喫』『歴史』等のタイトルが印刷されている。

「こんなに準備してくれてたんですか!?」

千春はさすがに驚いて大きな声が出てしまったが、将平はむずがゆそうに笑った。

「やり過ぎだって言われたんですけど、オススメスポットが絞りきれなくて……」

「また来ますよ」

ユゥが握手のために手を差し出した。将平はそれを両手で包み込むようにしてしっかりと握り返した。

「ええ、また是非！　今度は、ホタテの時季もいいと思いますよ！」

そう言って、ぶんぶんと力強くユゥの手を振る。

手が痛いのかユゥの笑顔は少し引きつっていたが、将平が元気なことは嬉しそうだった。


将平たちと別れてから、ユゥと千春は宿の駐車場で話し合った。

「さて、どこに行こうか」

まだルートを絞り切れていなかった。明日は仕事だから、今日中に帰らないとまずいのだが、そのためには一直線に札幌に向かうのが望ましい。

だが、将平が用意してくれた『観光のしおり』を使わずに帰るのも勿体《もったい》ない。

「そうだねえ、帰る途中で行けるところがいいかな」

「遺跡とか時間かかっちゃうかな……？」

幾つか短時間で行けそうな場所を見繕って、ユウは千春に冊子を渡した。

「そろそろ出発しよっか。名残惜しいけど」

「そうだね」

運転席には今度はユウが座った。高速に乗ってから交替することになっている。

サロマ湖は運転席側の窓から見えた。天気予報通り、風も落ち着いて地吹雪は収まっていた。青空の下に氷結した湖面が広がっている。冬の日暮れは早いから、もう数時間も経てば日没だろう。夕陽の名所についても冊子には書いてあったが、日没の時間までここにいると札幌に帰るのは二十一時以降だ。休憩時間を入れたら、真夜中近くになるかもしれない。仕込みもあるから、さすがに日程的に無理だ。

見てみたかったなと思う。この凍《い》てついた湖に太陽が呑《の》み込まれていく光景を。色を失い暗く沈んでいく世界を鮮やかに照らし出す、その日最後の光。

ユウと、将平と、一緒に見たかったなと思う。

でも、きっとまた機会はある。

「窓開けていい？」

千春が尋ねると、ユウは快く窓を開けてくれた。

冷たい風が吹き込んで、せっかく暖房で暖められた車内の空気が押し流されていく。

最後にサロマ湖の空気を吸おう……と思ったのだが、あまりに寒くてすぐに窓を閉めてもらった。

「寒いっ！」

空気が冷たすぎて吸い込んだ鼻の奥が痛い。長い時間外にいると粘膜がやられそうだ。

「この寒さだからね……将平さんとミナトちゃんが鳴海さんに保護してもらえてよかったよ」

ユウも寒さで鼻の頭を赤くして言った。

「そう！　本当に幸運だったね。元々釣りスポットだったとはいえ、今日はあんまり釣れてなかったっていうし、天気も悪かったし……鳴海さんがいてよかった」

「鳴海さん、いい人だったね」

「うん。チカも美味《おい》しかったあ……」

千春はチカのふっくらした身を思い出した。

「それに、将平さんのアイディア、よかったなあ。ミナトちゃんのこと考えてて」

「選択肢があるのって嬉しいものね」

「あのアイディア、うちの店でも使えないかなあ……」

「あ」

千春は自分と将平の会話を思い出して、笑ってしまった。

「どうしたの？」

「私も、チカの唐揚げが美味しくて、お店で出せないかなあって将平さんに言ったの。将平さん、仕事熱心だなあって、ちょっと呆《あき》れてたと思う」

　ユウは運転中のため前を向いたまま、少しはにかむように笑った。

「似たもの夫婦、だね」

　夫婦、と言われて、千春の方までなんだか照れてしまった。婚姻届を出してしばらく経つが、一応まだ新婚と言える時期だろうか……。

「将平さん、こんなこと起こって私たちが楽しめなかったんじゃないかって心配してたけど、私、結構ずっと観光気分だったかも。遠い場所で暮らす友達に会えて、いい出会いもあって、その土地のものを食べられて、すごく綺麗《きれい》な景色も見られた。もう少しいたかったからそれは残念だけど、本当に楽しかった。何より、将平さんが可愛がってもらってそうで、嬉しかったなあ」

「そうだね。旅行っていいね。長い休みは取れないけど、またどこか行きたいな」

　ユウの言葉に、千春も深く頷《うなず》いた。

「新婚旅行第二弾、行こうよ！」

　ユウは、えっ、と驚いた様子で声を上げた。

「これ、新婚旅行だったの？　それに、第二弾って……新婚旅行って名目で何回も行くの？」

「それもいいかなって。一泊二日なら時々行けるだろうし、今年いっぱいはどこか行ったら新婚旅行ってことにしちゃおうよ。ほら、その……私たち、まだ新婚だと思うし」

「………」

ユウは無言になってしまったが、顔が赤いように見える。

ややあって、彼は恥ずかしそうに答えた。

「うん。いいと思う。新婚旅行第二弾」

「やった、楽しみ～！」

ユウは心持ちゆっくりと車を走らせてくれた。

千春は湖とユウの横顔を飽きることなく眺めていた。

•第二話• 夕張小旅行とテッカメロン弁当

六月の札幌は、日中晴れて気温が高くなったとしても、朝夕は涼しくなるものだ。

だが、その日は前日に降った雨のせいか、午前中の早いうちから蒸し暑く、少し動いただけで汗がじわりじわりと滲《にじ》み出てくるような日和だった。

「ただいまー」

「おかえり、千春さん」

千春が買い出しから戻ったのは十五時を過ぎていたが、まだまだ暑さが遠のく気配もない。

ユウは勝手口のそばに新聞紙を広げて、山と積んだいんげんの筋取りをしていた。いんげんの青々とした匂いが、扇風機が起こす空気の流れとともに千春に届く。

「わ、いっぱいあるね。もらったの？」

「うん。公森《こうもり》さんからね」

公森はくま弁の常連だ。創業者である熊野《くまの》の将棋友達でもある。

「いんげんか〜、夏らしくなってきたね。何にするの？　ゴマ和《あ》え？　煮物？　サラダ？　天ぷらもいいよね」

「まだ決めてないけど、ゴマ……あ、くるみもあるんだった。くるみ汚しもいいかな？」

「いいねえ」

千春はうんうんと頷いて、勝手口横のシンクで手を洗った。そのまま肘《ひじ》まで洗うと、ひんやりとした水道水が心地よく、生き返るようだった。

「はーっ、ちょっとすっきりした」

片栗粉と小麦粉を買いに行っただけだったのだが、汗で首筋に髪の毛が絡んで気持ち悪い。ユウがタオルを差し出してくれた。

「今日はじめっとしてるね。そろそろ一雨くるかも——」

そこでユウは言葉を切った。正面玄関の方から、古びたチャイムの音が聞こえたのだ。

「はーい」

ユウが立ち上がろうとするのに先んじて、千春が玄関に向かった。勝手口から玄関まではまっすぐ廊下で繋《つな》がっている。

今出ますよーと言いながら千春がドアを開けると、湿度の高いむわっとした外気が流れ込んできた。

汗ばむその空気の中には、若い女性が立っていた。

小柄だが手足はほっそりと長い。ジーンズにシャツというラフな格好だ。キャップを目深に被《かぶ》っていて、顔立ちはよくわからない。

女性は、そのキャップの鍔《つば》をひょいと上げた。

「久しぶりね、千春さん」

そう言って、ぱっちりとしたアーモンド形の目を煌《きら》めかせて、千春の顔を眺める。

「あっ」

千春は名前を叫びそうになったが、そうする前に彼女は身体を滑り込ませて、玄関ドアを閉めてしまった。

「今日あっついわね」

はあ、とキャップを取って額の汗を拭《ぬぐ》い、長い黒髪がまとわりつくのを苛立《いらだ》たしげに搔《か》き上げる。

彼女の名前は黒川茜《くろかわあかね》。常連である黒川の一人娘だ。

千春は彼女が中学生の頃から知っている。今は確か高校……三年生。

だが、彼女は東京で暮らしているはずだし、今はゴールデンウィークでも夏休みでもない。六月の、土曜日だ。

「あっ、茜ちゃん！　どうしたの⁉　戻って……えっ、戻ってきたの？　仕事？」

千春は動転して、結構な大きさの声でそう叫んだ。茜は唇を突き出し、千春を睨《にら》みつける。

「ちょっとお、私が仕事以外で帰ってきたらダメなわけ？」

「そんなことないけど、すっごく忙しいって聞いてたから……」

「法事よ、法事」

「法事……」

茜は早くに母を亡くしているが、季節的に母親の法事ではないはずだ。ということは、親戚《しんせき》だろう。忙しい彼女の帰省の理由としては、なんだかちょっと意外な気がしてしまう。

千春の顔にもそれが出ていたらしく、茜はいっそう渋面になった。

「あんたねえ！　私だって親戚くらいいるし法事くらいあるの！　それとも私のこと、そんなのも気にしない薄情者だと思ってる？」

「いや、あの……」

勿論《もちろん》そんなふうに思っているわけではないのだが、茜を傷つけたかもしれない。

「ごめん、そんなつもりじゃないよ。あと、来てくれて嬉《うれ》しい……」

茜はそっぽを向いた。帽子を被り直す。

「上げてもらえる？　私、今、後つけられてさ」

「うん――えっ!?」

ダメだ、驚いてばかりだ。驚く千春を前に、茜はなんでもない事のように、背後を親指で指した。

「知らない人。たぶんファンか何かだと思う」

茜の芸名は白鳥《しらとり》あまね。

生まれ故郷の北海道でローカルアイドルとして活躍し、ここ数年は東京に進出してドラマやバラエティで人気の有名人だ。

「ちょっ……なんでそんなに落ち着いているの！」

「千春さん、声大きい。外に聞こえるよ」

そう言われて、千春は口を噤《つぐ》んだ。確かにその通りだ。この建物は鉄筋コンクリート造だが、今日は暑くて窓をあちこちで開けている。

「と、とりあえず茜ちゃんは上がって。私は外を確認してくるから……」

「あ。まだ近くにいると思う。一応、撒《ま》けたとは思うんだけど」

千春は玄関の土間に降りると、最初に覗《のぞ》き穴に目を近づけた。

だが、さすがにそれほど近くにはいなかった。

幾分ほっとして、今度はそうっと細くドアを開ける。やはり、それらしい不審者はいないようだ——と思った時、信号が変わって車が動き出した。

すると、トラックで隠れていた向かいのコンビニの前に、女性が立っているのが見えた。少し前から雨がぱらつき始めたらしく、差した傘で顔は隠れているが、姿勢からして明らかにこちらを向いている。

うわっ、これってストーカー……と千春はぞっとして素早く玄関扉を閉めた。

「い、今……コンビニの前に……こっち見てる！　茜ちゃんがここにいること、きっと気付いてるよ」

「あー……千春さんの声を聞かれたんじゃない？」

「えっ……ごめん……」

「冗談だよ」

青ざめる千春を見て、茜は変な顔をした。口をへの字に曲げ、忌々《いまいま》しいような、腹を立てているような、しかめっ面だ。到底冗談を言った人間の顔とは思えない。

「あっ、とにかく、入って！　ユウさんにも話さないと！」

「……はいはい」

千春は休憩室にしている和室に茜を通すと、急いでユウを呼んだ。


茜は千春が出した座布団に腰を落ち着けた。

「今日は同じ人がいつも視界に入るの」

特に怯《おび》えた様子は見せずにそう言って、出された冷たい麦茶で喉《のど》を潤す。

「私が思い出せる限りでは、たぶん、法事の後に行った和食レストランで見かけたのが最初ね。法事って言っても私とパパと身内だけだから、お坊様にお経あげてもらって、お店で食事済ませて……その後、遠くの親戚をパパと一緒に駅まで送ったの。で、その駅でも見たと思う。一旦《いったん》家に帰って、パパは仕事に行って、私は着替えて近所のコンビニ行ったらまたいるのね。これで三回目だったから、あ～、ずっと同じ人見かける気がするなって気付いたんだよね」

話す口調は軽く、決して深刻そうではないのだが、話を聞いていた千春は恐怖で血の気が引く思いだった。

「ま、これ飲んだら行くよ。撒けるかな～って思ってやってみたけど、無理だったし」

「いやっ……行かなくていいよ！　ずっといてくれてもいいし！　ねえ、ユウさん！」

見るとユウの顔も青ざめて、緊張した面持ちだった。

「勿論、うちはいつまでもいていいよ。黒川さんにも連絡しておくね。警察には届けた？」

ユウにそう問われて、茜は曖昧《あいまい》に首を横に振った。

「声もかけられてないし、通報なんて大げさだよ。単に、ついてきちゃったファンとかじゃない？」

「そう……そうかな⁉」

つきまといなんかされたことのない千春にしてみたら、どこへ行ってもつけ回されているだけで充分恐ろしいし警察に相談すべき案件に思えるのだが、茜はそうは考えていないようだ。

「帰りは私が車出して送るよ。茜ちゃん、今日、黒川さんの帰りは？」

「夕方からの仕事だから遅くなると思う」

「じゃあ、もううちに泊まっていくのでもいいし！」

千春がそう提案すると、茜は顔をしかめた。

「もう！　しつこいなあ。このくらい、なんてことないんだから」

「でも、どういう人かもわからないし、できるだけ安全策で行こうよ！」

茜は困り顔だったが、しばらく考えてから折衷案を出した。

「……今日図書館行こうと思ってたんだけど、代わりにここで勉強してていい？　パパが帰る時間まで……」

勿論、と千春は力強く頷《うなず》いた。

「ここにいる間は安心して過ごしてね。後でまかない一緒に食べよ。今日はね、冷たいおうどんだよ。昨日の残り野菜を色々揚げて……あ、いんげんも揚げようね。すごく美《お》味《い》しそうなのもらったんだ！　今日は練習を兼ねて私が作るからね」

「えっ……大丈夫なの？」

千春がまかないを作ると聞いた茜の顔は、今日見た中で一番不安そうだった。


くま弁の開店は十七時だ。

開店時刻の少し前になると、並んでいる客から注文を聞いて、ユウに伝える。千春自身も調理を手伝い、弁当容器にご飯と惣菜《そうざい》を詰め、やがて開店時刻になれば、自動ドアを開けて店のオープンを伝える。

くま弁は結構な人気店で、この日も慌ただしかった。店の前の行列が他の店や通行の邪魔にならないよう声をかけ、注文を聞いて、伝え、調理し、詰め、会計……気付くと開店から一時間以上経っていた。混み合う時間はまだ続く。

自動ドアが開き、新たな客が入ってきた。

「いらっしゃいませ――」

千春は顔を上げて挨拶《あいさつ》した。入ってきたのは若い女性だ。年齢は、茜よりいくらか上のようだが、千春よりは年下に見えた。ふっくらとした丸顔が温厚そうな雰囲気で、同じく丸っこい眼鏡をかけている。たぶん、度は入っていない。

女性はどこか落ち着かない様子で、店内をそわそわと見回した。

「メニューこちらですよ」

千春が声をかけると、女性は、あっと小さく声を出してカウンターに寄ってきた。高くて甘めの可愛らしい声だった。

「あのう」

「はい」

「あ……いえ、やっぱりなんでもありません」

千春と一瞬目を合わせたが、すぐに俯《うつむ》いて視線を逸《そ》らし、またちらちらと周囲を見回している——メニューではなく、何か別のものを探しているようだ。

彼女の視線を追うと、どうも店内のドアを気にしている……ように見える。外に出る自動ドアの他に、店の中には住居スペースに入るためのドアがあり、厨房《ちゅうぼう》の奥には休憩室への入り口が見えている。

視線の意味に気付いて、千春は背筋が粟立《あわだ》つように感じた。

この女性は、店の間取りを確認している。

「失礼ですが」

千春は背筋を伸ばした。小柄な千春だが、胸を張って、できるだけ自分をしっかり保ちたかった。混雑する時間帯のため他にも客はいる。彼らに不審に思われないよう、しかし女性にはよく聞こえる声で言った。

「どなたかお捜しでしょうか」

女性はぎょっとした顔で千春を見て、動揺のせいだろうか、傘と鞄《かばん》を床に落とした。

彼女は、コンビニの前で、茜を待ち伏せしていた女性だ。あの時は傘に隠れて顔が見えなかったが、持っているのは同じ傘だ。

きっと、茜が建物に入ったのを見届けて、近くで見張っていたのだ。開店時間になっても出てこないため、もう店内にはいないのかと様子を見に来たのだろう。

女性は鞄を拾いながら、口の中でもごもごと何か言った。千春の言葉を否定しているようだったが、いたたまれなくなったのか、最後にはいきなり頭を下げた。

「ごっ……ごめんなさい！」

千春が止める間もあらばこそ、女性は身を翻して自動ドアから外に飛び出してしまった。

「あっ、待って――」

千春は店を出たところで、通行人の傘にぶつかりそうになって尻餅《しりもち》をついた。幸い怪我もなく、傘の持ち主に謝ってすぐに女性の姿を捜したが、その時には女性がどこに行ったかわからなくなっていた。

店の客も放ってはおけない。千春は渋々諦《あきら》めて店に戻った。

その時、店の床に二つ折りの紙が落ちていることに気付いて、拾い上げた。先程の女性が落として行ったのか、まさか茜の個人情報でも書き込まれているのかと緊張して開くと、派手な色彩と、映画祭という文字が見えた。

夕張《ゆうばり》市で毎年開かれている、映画祭のフライヤーだった。

しかも、今年のものではない。

何年も前のフライヤーには、開催日時や招待作品の情報の他、招待ゲストの写真と名前も載っていた。

「あ！」

千春はそこに載る写真と名前を見て、小さな声を上げた。

千春が部屋を覗《のぞ》いた時、茜は教科書とノートを開いて辞書を捲《めく》っていた。

「勉強中にごめん。今、ちょっといい？」

「いいよ、もう疲れて休みたかったんだ」

茜はそう言って大きく腕を上げて伸びをした。

千春は茜のそばに正座した。

「あのね……仕事が忙しくて話すの遅くなっちゃったんだけど、実は、女の人がさっきうちに来てね。これ落としていったみたいなの」

「女の人って……丸眼鏡の若い人？」

「そう……」

千春は拾ったチラシを茜に渡した。

茜はチラシを見た途端、目を見開いた。元から大きな目がいっそう大きく見える。

「……これ、私も招待されたやつだ！」

チラシに載る招待ゲストの中には、茜——白鳥あまねの名前もあった。

「でも結構前のだよ。私が出た映画が上映されることになって、それで舞台挨拶に……東京から行って、遠かったし一泊したんだ」

茜は難しい顔でチラシを見て、紙を指でぴんと弾《はじ》いた。

「これ、どうして落としていったの？」

「びっくりしたみたいで鞄を落としてたから、その時にフライヤーも落ちたのかも」

「うーん……あの人、何か言ってた？」

「何も。すぐ逃げちゃった」

千春の答えを聞いても、茜はうんうんと唸《うな》ってチラシと睨《にら》めっこをしている。

「何か気になる？」

「映画祭って言われてみると……なんだかあの人の顔に見覚えがあるような……何か引っかかるっていうか……」

「映画祭にいたファンとか？　何か交流するイベントってあった？　もしくは、スタッフとか……」

「さあ、結構ファンとも距離の近いイベントだったから……」

茜は眉間《みけん》に皺《しわ》を寄せて考え込んでいる。何か大事なことを忘れている、という感覚が拭《ぬぐ》えないらしい。

「……写真とか見たら思い出すかも」

そう言ってスマートフォンを取り出した。これはゲストで撮った写真、これはファンだった監督、これはパーティーの様子……と数枚の写真が出てきたが、先程の女性が写っているということはなさそうだった。

千春も念のため見せてもらって探したが、なかなか難しい。二十代とおぼしき女性の数年前の姿を想像して探さねばならないのだ。茜より年上だろうとは思われたが、それでも当時十代だろう。十代の少女が二十代の女性になるにあたっては、かなり印象が変わる人もいる。

「いないっぽいねえ」

断言はできなかったが、千春が見た限りでは、この人、という人物はいなかった。

「……写真見てると、この時のこと思い出すかも」

「あ！　あるよね、実際に当時の日記とか写真とか見ると、やっぱりちゃんと思い出すから、記録って大事だなって思う」

「うん。でも、この頃は日記書く余裕なんてなかったから、他に手がかりが……」

ふと、茜は何か思いついた様子で、瞬《まばた》きをした。目尻《めじり》には淡くオレンジのアイシャドウが入っている。赤肉メロンみたいな色味だった。

「実際に現地に行けば何か思い出せるかも」

「……え!?」

茜は何事かぶつぶつ言っている。スマートフォンを使ってインターネットで調べ始めた。

「夕張……バスかな」

「夕張行くの!?　学校は？」

「明日《あした》夜の便で帰れたらいいの。最終便なら大丈夫でしょ」

「夜……うーん、不可能ではないと思うけど」

札幌から夕張までは車で一時間半くらいだし、一旦《いったん》札幌に帰ってきてから新千歳《しんちとせ》空港に向かったとしても、夕方までに出発できれば最終便には充分間に合う。夕張から直接空港に向かえばさらに余裕がある。

「でも、どうしてそこまでするの？　茜ちゃん、すごく忙しいんでしょう？　ゆっくり過ごした方が……」

「ほら」

「え？」

茜は途端に冷めた目になって、千春を一瞥《いちべつ》した。

「帰省してきたってわかった時もそうだったもんね。私にはそんなことをする時間はないだなんて決めつけて。千春さんもパパも同じよ！」

「茜ちゃん？」

「……なんでもない！」

茜はぷいと顔を背けてしまう。

そういえば、茜が今日訪ねてきた時、千春は忙しい茜が法事で帰省したと聞いて驚いたのだ。あの時も茜は不満そうだった。

近頃、茜はテレビにドラマに映画に……と本当に忙しそうにしている。まだ学生だから学業だってある。千春は、活躍は嬉《うれ》しいけど、寝る暇はあるのかなと内心心配していたのだ。茜の父である黒川だって、それは同じだろう。

（何かあったのかなあ……）

茜の横顔を見ても答えが書いてあるわけではない。

とにかく、なんでもないと言い張ったからには、茜は訊《き》かれたくないのだろう……千春はうーんと腕を組んで、壁のカレンダーを見た。

「……明日、業務用のバンなら出せるよ。うちも明日はお休みだから」

千春がそう申し出ると、茜は振り返って眉《まゆ》を顰《ひそ》めた。申し訳なさそうというよりは、千春のお節介に驚いて、引いている顔だ。

「そこまですることないじゃない」

「いや、それ私もさっき似たようなこと言ったけど……車で行った方が、現地着いてからもあちこち移動できて便利だよ。バンは結構古いけど、夕張ならまあ近いし」

道東行きは遠距離だったからレンタカーを利用したが、近場なら大丈夫だろう。

茜はちらりと厨房《ちゅうぼう》の方を見やった。

「……ユウ君放っておいていいの？」

今度は千春が驚いて、目を丸くした。

「えっ、気遣ってくれてありがとう」

「千春さんもユウ君のこと気遣ったら？」

「いや、大丈夫なんだって！　ユウさん、明日は熊野さんとスーパー銭湯行くの。そういうわけだからさ、明日は一緒に夕張行こうよ」

「でも……」

「いいの、いいの。こっちは暇なんだから、気にしないで」

千春は休憩室に置かれたマガジンラックから旅行情報誌を一冊取り出した。表紙には、富良野《ふらの》・美瑛《びえい》に続いて、夕張の文字が見える。

「映画祭で行った場所とか、思い出の場所に、印つけておいてね！」

茜は数秒考えた末に、情報誌を受け取った。

バンから外に出た千春は、わあっと声を上げた。

茜と朝早めに集合して店のバンで出発し、高速ではなく下道を選んで一時間半程度。車を停めたのは、滝《たき》の上《うえ》公園の駐車場だ。紅葉の名所であるここも、今は青葉が輝いている。朝からよく晴れて日差しはきつかったが、水と緑の湿り気を含んだ風は爽《さわ》やかで、胸いっぱいに吸うと生き返るようだ。

茜も車から降りるとほっとした様子で深呼吸している。

歩けばすぐに水の音が大きくなり、風はいっそうしっとりと冷たく肌を撫《な》でていく。

夕張川はこの一帯で多くの奇岩と滝からなる独特の景観を作り出している。

アイヌ語で、ポンソウカムイコタン、北方の神々が住むところと呼ばれる美しくも不思議な渓谷だ。

千春たちはそれを夕張川にかかる吊《つ》り橋《ばし》の上から眺めることができた。

地層を露出させた平坦《へいたん》な河床を、白く湧き立つ水が走り落ちていく。地層ごとに異なる堆積《たいせき》物がそれぞれの速度で水流に抉《えぐ》られた結果、長々と引かれた巨大な爪痕《つめあと》のような筋ができているようだ。

水はこの橋の下を潜ると、音を立てて緑の渓谷を浸食しながら流れ、また次の橋の下を通る。

「凄《すご》いねえ。不思議……こんな形になるなんて」

河床を見つめる千春がそう呟《つぶや》くのを聞いて、茜は頷《うなず》いた。

「自然って凄いのね」

茜も呆然《ぼうぜん》としているようだ。お互い凄いとか不思議とかありきたりな言葉しか出てこなかったが、それくらい圧倒されていた。

千春は風で煽《あお》られた髪を押さえて、茜を見やった。

「それで、何か思い出すことはある？」

茜は千春を見返して、素っ気なく答えた。

「あるわけないよ。ここ、冬季閉鎖しているんだもの」

「えっ？」

「私が来た時は、この夕張の映画祭って冬にやっていたの。今は夏に変わったみたいだけどね。つまり、当時私はここに来てないの。だから思い出すことはないのよ」

千春は口を半開きにして茜を見つめ、動揺した声を上げた。

「なっ……なんでそれをもっと早く教えてくれないの？」

「千春さんがここに眺めのいいところあるよって興奮していたからでしょ」

はあ、と嘆息し、茜は再び滝に視線を向けた。

くま弁で会った時は、室内だし、天気もよくなかったからかとも思ったが、こうして明るい日の光の下で見ても、茜の顔色はあまりよくないように見えた。髪の毛は相変わらず艶々《つやつや》だし、指先まで綺麗《きれい》にしているのだが、肌が青ざめて見える。たぶん、前に会った時よりも痩《や》せている。

それに、昨日から、茜は全然笑っていない。

「そういえば、空港からの移動は大丈夫？　今日の飛行機、遅い時間のやつになりそうでしょう」

「大丈夫。マネージャーさんが来てくれるって」

「へえ、そうなんだ」

それならよかった——と考えたものの、続く茜の言葉によってその考えをひっくり返すはめになった。

「その後、レッスンあるから」

「なっ……ちょ、ちょっと時間が遅すぎない？　大丈夫？　それにそんな夜遅くに未成年働かせるのとか……」

「レッスンは労働じゃないよ」

「それは……そうだろうけど……」

千春は昨日玄関に飛び込んできた茜を思い出した。どこか慣れた様子で、怯《おび》えているようには見えなかった。そんなふうにつけ回されることに慣れる必要なんてないのに。

「……忙しいんだね」

茜は、うーんと唸《うな》って天を仰いだ。空には雲一つなく、水音に交じって野鳥の声が聞こえていた。

「忙しくて息もできないくらい」

一息吐く暇もない、という意味合いなのだろうが、それよりもっと、茜が息苦しそうに見えて、千春は胸がぎゅうと痛んだ。

「ま、好きでやってることだもの」

「好きでやってることでも、しんどい時はあると思うよ」

「仕事があるだけありがたいものなのよ！」

茜の口調に悲観的なところは一切ない。吹き抜けていく湿り気のある冷たい風に、ゆったりしたオーバーサイズのシャツがばたばたとはためいた。ショートパンツにシャツ、スニーカー、キャスケット帽という茜は普通の女の子に見えた。

茜と接していると、千春はどうしても黒川を思い出す。黒川はしょっちゅう茜を心配していて、特にアルコールが入ると、ちゃんと寝ているのかなとか食べているのかなとか、そんなことを繰り返し口にする。

千春も茜が心配だった。

活躍は凄いと思うし応援しているが、何しろ茜だって生身の人間なのだ。

強い風に乗って——鷹《たか》だろうか、猛禽類《もうきんるい》らしき影が頭上を飛んで行った。

「まあ、来たからには千春さんは少しくらい楽しんでいってよ。車まで出してもらって、観光もなしじゃ悪いもの」

優しいなと千春は思う。茜はこんなに大変そうなのに、自分よりずっと年上の千春を気遣ってくれている。優しいが、千春は悲しくもある。頼りにならないのかな……と思うと、自分が情けなくなる。

千春はせめて、元気よく言った。

「よーし、それじゃ、メロン食べに行こう！　夕張メロンの食べ放題ができるって――」

「それは無理」

「なんで⁉」

「まだやってないもの。ちょっと時季が早いのよね」

茜はリュックから旅行情報誌を取り出すと、それを開いて夕張のページを千春に示した。

「ほら。あ、でも夕張メロンソフトならあるっぽいし……食べ放題は無理でも普通にメロンの直売はやってるかも？」

「じゃあ、ソフトクリーム食べに行こう！」

「いいよ」

はしゃぐ千春を見て、茜は口の端だけで僅《わず》かに笑った。

昨日再会してから、千春が初めて見た茜の笑顔だった。

道道38号をゆっくりと北上していく。

運転をしながら、千春は茜から当時の映画祭のことを聞いた。

「夜遅くまで色んな作品上映していてね、私は挨拶《あいさつ》した後は結構自由な時間もあって、上映作品をいくつか観たの。会場は夕張の市内にあって、タイムテーブルを確認して好きな映画を観るのよ。夜になると、空なんか真っ暗でね……空気は冷たくて、本当に、札幌の夜よりずっと寒くて暗くて……」

語る茜の視線の先では、目映《まばゆ》いほどの青空が広がり、木々の緑がその光を浴びて輝いている。

一応、茜の思い出の場所を巡っているのだが、今は初夏の、しかも午前中だ。茜が知る冬の夜とはまったくイメージが異なるだろう。

「難しいよねえ……」

千春も思わぬ問題に苦笑を漏らした。

茜は開けた窓から吹き込む風を浴びながら、自信を失った様子だ。

「もうちょっと記憶力いいと思ってたんだけど。忙しかった時期で、あんまり寝てなかったからかなあ……」

「でも、何か引っかかるんでしょ。とにかく話してみてよ」

茜は何を話したものかとしばらく車窓の光景を睨《にら》みつけていた。

38号は夕張の市街地にさしかかろうとしていた。

「夜に、パーティーがあったの。別の場所でね、地元の方が用意してくれて。ストーブパーティーっていって、鹿肉のバーベキューとか食べさせてもらって……遅かったし、私はちょっとだけで、すぐホテルに戻ったけど」

茜が不意に少し先の脇道を指差した。

「そこで脇道に入って。奥にメイン会場があるんだ」

「了解」

千春は脇道に入って、車を停められそうな場所を探した。

千春と茜は、車を邪魔にならない場所に停めると、両側に笹藪《ささやぶ》が広がる舗装された小道を歩いた。

茜は落ちていた枝を拾って、軽く振り回していた。

「千春さんは、ユウ君とは旅行とかしないの？」

「時々してるよ。一泊二日で道東行ったり、日帰りで小樽《おたる》行ったり、旭川《あさひかわ》行ったり。長いのは難しいけど、短いのはこれからも行きたいねって話していて……新婚旅行のつもりで予定立てようとは思っているんだ」

「ふーん。……いいの、新婚旅行の候補地を一つ減らしちゃってさ」

「いいって！　それに、お土産買っていけばユウさんも喜ぶよ」

滝の上公園を出た後、千春たちはメロンの直売所に立ち寄っていた。まだ少し時季が早く、降雨もあって、収穫量は多くないようだった。これからが旬なのだろう。お土産は買いたいが、メロンそのものを買うかは財布と相談したいところだ。

だが、夕張メロンのソフトクリームは食べられた。赤肉メロンの豊かな香りが、思い出すだけで幸せな気持ちにさせてくれる。甘く、冷たく、頬の奥が痺《しび》れるような感覚が蘇《よみがえ》る。

「ソフトクリーム美味《おい》しかったなあ……帰りにもう一個食べていこうかなあ……」

千春は口にしてから、さすがに少し食欲に忠実過ぎるのではないか……と思って口を噤《つぐ》んだ。茜の様子を窺《うかが》うが、特に嫌みを言うでもなく、力が抜けたような穏やかな顔で、木々の梢《こずえ》で歌う小鳥を眺めている――ホオジロかな、と思ったが、すぐに飛び立ってしまった。

視線を千春に向け、茜は我に返ったようだった。

「あ……うん。美味しかったね」

「ね！　なんだか、普通に楽しんじゃって悪いけど……」

「いいよ。私も楽しい。プチ逃避って感じ」

逃避――思ってもいなかった言葉に、千春はすぐに相槌《あいづち》を打てなかった。

それに気付いた茜は、深刻そうな顔になってしまった千春を軽く睨んだ。

「ちょっと、変な意味で取らないでよね。別に逃げ出したいくらい現実が酷《ひど》いってわけじゃないわよ、勿論《もちろん》。忙しい日常からの逃避ってこと。こんなにのんびりしたの、久しぶりだもん」

「そっか……茜ちゃんも楽しかったんならよかった」

「結局、あの人が誰なのかまったく思い出せないけどね」

そう呟《つぶや》くと、ふと足を止めて、周囲の景色を眺める。青々とした初夏の木々の向こうに白っぽい色の大きな建物が見えた。古い校舎のようだが、ぱっと見たところは綺麗《きれい》に手入れされ、正面玄関の上にある大きなひまわりの飾りが目を引く。茜の話によると、廃校になった学校を宿泊施設として改修したものだそうだ。

そして、そこが茜が映画祭に来た時の、メイン会場だ。

茜は屋台があったとか、どんな映画を観たとかという話を千春にしてくれたが、やはりあの女性について思い出せることがなかったのだろう、小さく嘆息した。

物憂げな目で、校舎だった建物を見上げる。

「わかんないや。やっぱり、無茶だったかな。何か忘れているのかなって思うけど、でも、それ自体、ただの気のせいかもしれないしね」

長期休みではないから駐車場に停まる車の数も少なく、茜が見た賑《にぎ》わった姿とは違っていたのだろう。

「イベントしてる時とは雰囲気が随分違うだろうし、思い出せなくても仕方ないよ。季節だって違うしさ……ここまで来るなんて、誠実だなあって私は思ったよ」

うーん、と茜はなんとも言えない返事をした。しばらく考え込む様子を見せ、それから何度か躊躇《ためら》いながらも、口を開いた。

「昨日、母方の祖母の一周忌だったんだ」

茜が帰省した法事の話だ。

「果物屋さんじゃない方のおばあちゃん。来なくていいよって言われたんだけど、無理やり来ちゃった。忙しいけど、だからあなたは無理でしょって決めつけられるのが、自分が薄情な人間だって思われているみたいで嫌で……こんな気持ちでおばあちゃんにも失礼だったなあと思って……いっぱいお世話になったのに……」

ぽつりぽつりと語る茜の手の下で、熊笹が揺れた。尖《とが》った笹の葉で手を痛めそうなのに、茜は手遊びをやめず、笹の葉を引っ張っていた。

「だから、私は自分が薄情な人間じゃないって証明したかったのかもね。ここに来て、忘れちゃったことを思い出せたら、薄情じゃないって言えるって」

笹の葉はうまく抜けず、ちぎれた葉が、笹の汁に塗れた茜の手に残った。

「それなのに、結局思い出せないし、それどころか、楽しんじゃった。プチ逃避みたいだって言ってさ。そんなの、全然誠実じゃない」

そんなことはないよと言いかけて、千春は言葉を呑《の》み込み、言い直した。

「それでも、いいと思うよ。いっぱいいっぱいになってる時は、大人だって、大変だもん。ここに来ることが、今茜ちゃんには必要だったんだよ」

笹の葉をいじる手を千春にそっと握られ、茜は俯《うつむ》いた。あ、茜が泣いてしまうかも、と思った千春は、慌てて明るい声を出した。

「あ〜、私もさ、茜ちゃんといっぱい話せて、一緒に美味しいもの食べたり、景色見たりできてよかったよ！　二人で遠出なんて、初めてだもんね。ソフトクリーム美味しかったし！」

「食べることばっかりね」

茜は目元を拭《ぬぐ》って、まだ半分しかめっ面のまま、呆《あき》れたように微笑んだ。

最後に茜が千春を案内したのは、志幌加別川《しほろかべつがわ》にかかる橋のたもと辺りにある駐車場だった。

それなりに距離があるので、スキー場を右手に見ながら車で移動した。スキー場と言っても勿論今の季節に雪はなく、山肌が草に覆われているばかりだ。

車から降りると、涼やかな風が、千春の前髪を撫《な》でていった。

茜が前回訪れた時は、もっと遥《はる》かに冷たい、雪混じりの風が吹き付けていただろう。

「ここがパーティーの会場。たくさん人がいて、屋台もあって、ジンギスカンも鹿肉のバーベキューもあって。こうして見ると普通の駐車場ね……」

茜は以前訪れた時とあまりに風景が違うせいか、興味深そうにきょろきょろと辺りを見回している。

何の気なしに千春は茜に尋ねた。

「前に来た時は、どんな映画を観たの？」

千春自身も映画は好きだ。映画祭というものには一度も行ったことがないが、興味はある。

「色々！　あ、一番好きだったのはね、アイドルが無人島でデスゲームするやつ」

「えっ？」

「デスゲームって言ってもそんな血が出るようなのじゃなくて……」

「……それ、当時の茜ちゃんが見ていいやつだった……？」

「大丈夫だって、グロとか全然ないやつだったし。なんかね、味付けがちょっと変わっていて……ほら、アイドルのデスゲームものって結構あるんだけど、その中でも一人一人のキャラが立っていてね、みんな可愛くて格好よくてすごくよかったの！」

当たり前だが茜も映画が好きなのだろう。好みの映画は意外だったが、話を聞いていると千春も見てみたいな、と思えてきた。

「なんて作品？」

「えっとね、待って、確かDVDが出ていて――」

茜がスマートフォンで検索して、出てきた画面を見せてくれた。DVDのジャケットでは少女たちがそれぞれの得物――釘《くぎ》バットとか、金槌《かなづち》とか、くまのぬいぐるみとか――を抱えているが、デザインはポップで可愛らしい。

「出演者の一人とすっごく仲よくなってね。ほら、この子――」

千春に向かって説明しようとした茜の言葉が、急に途切れる。スマートフォンの画面を見つめて固まったのだ。彼女の指は、DVDジャケットの右上に写る女性アイドルを差している。

「……茜ちゃん？」

川縁のシラカバの葉が擦《こす》れ、ざわめく音がした後に、茜の髪を弄《もてあそ》んで風が吹き抜けていった。

「……まさか」

千春も茜の態度からなんとなく想像するものがあった。

「まさか、そのアイドルが……？」

千春は茜が指差すアイドルをまじまじと見た。ストロベリーブロンドに染めた髪をショートボブに切り揃えた、色白な少女だ。当時の茜より、数歳年上だろうか。

茜の目に涙が滲《にじ》んでいた。

「どうしよう、千春さん。私、酷《ひど》いことした……すっかり忘れてた……」

途方に暮れた様子の茜は、その時ばかりは随分と幼く、出会った頃に戻ったように見えた。

その後の茜はしょぼくれて酷いものだった。

思い出巡りや観光どころではなくなってしまい、千春は茜を連れて車に戻ると、彼女を慰めながら高速ですぐに札幌に帰ってきた。直接空港へ行く選択肢もあったのだが、時間に余裕はあったし、何より今の状態の茜と空港で別れるのは心配だった。

　車をくま弁裏手の駐車場に停めて、千春は助手席の茜を見やった。

「着いたよ、茜ちゃん」

「うん……ありがとう。あの、車代……」

　茜はあらかじめ用意していたのだろうぽち袋を差し出してきたが、千春は断った。

「いいの！　学生が遠慮しないの」

「ありがとう……」

　茜は礼を言ったが、気落ちした様子は変わらない。こんな顔をさせるために夕張まで行ったわけではなかったのだが。

　映画祭が開催された時、夕張には茜以外にも映画関係者がたくさんいた。この映画祭の特徴として、観客と制作者との距離が近いのだそうだ。すれ違う人が上映された作品の監督だったりすることもあるし、食堂で隣に座った人が出演者だったりする。そういう場所で、茜は一人のアイドルに出会った。彼女の名前は紫藤七生《しとうななお》。七生の出た作品を映画祭で観た茜は、その感想を伝え、話は随分と盛り上がったそうだ。

　だが彼女とはそれきり会うことはなかった。楽しかったひとときの交流も、日々の忙しさによって忘れ去られてしまった。

「ナナさんに謝りたい……」

ナナさんは七生の愛称らしい。

千春がインターネットで調べたところでは、紫藤七生はすでにアイドルとしての活動から引退しているようだ。昔の七生は華奢《きゃしゃ》で、どこか困ったような雰囲気の優しそうな目をしていた。

今とはかなり違う。目鼻立ちは変わらないのだろうが、黒髪だし、顔もアイドル時代よりは丸みを帯びている。

「きっと、ナナさんは私に気付いてくれたのよ。だから声をかけようとしたのに、私は気付かなくて、あまつさえつきまといだのなんだの……。」

行く場所行く場所に必ずいたらさすがに恐怖を感じて避けてもおかしくはない。過去に一度会っただけの、容貌《ようぼう》が変わってしまった相手を、名乗られる前に見極めるのも難しいだろう。

色々慰め方はあったのだろうが、千春はただ、そうだねえ、と言った。

「会って、謝りたいよね……」

「うん……」

数時間前まではできれば二度と会いたくないと思っていたのに、現金なことに、千春は本心からそう言っていた。

ユウにはサービスエリアに立ち寄った時に連絡している。茜が落ち込んでいて、食事を摂《と》っていないことも伝えた。ユウからは何か用意して待っていると返事が来たから、千春は店まで戻ったのだ。
「ユウさんにお土産渡すの、手伝ってくれる？」
茜は人から頼まれた方が身体を動かすことができる。それほどたくさんお土産がある
わけではなかったが、千春はそう声をかけた。
「うん……」
茜はシートベルトを外し、二人とも車から降りた。
くま弁の裏には、店用の駐車場と見事な庭がある。
今は青々とした葉でいっぱいの桜の木も、三週間ほど前まではそれは美しく花を咲か
せていた。その桜の木の向こうに、歩道と敷地を隔てる塀がある。
その塀の陰から、七生がこちらを見ていた。
ひっ、と、えっ、の中間くらいの声が千春の喉《のど》から出た。
今の七生はアイドルとしての七生よりも数歳年を取っていたし、体形も変わっていた。
だが、よくよく見れば、その伊達《だて》眼鏡《めがね》の下のやや垂れ気味の目はそのままだったし、
穏やかな雰囲気も変わらない。
七生は千春たちが気付いたことがわかるとすぐに背中を向けて逃げようとした。
だが、それを茜がものすごい速度で追いかけた。さっきまであんなに落ち込んで動き
ものろのろとしていたのが嘘のようだ。あっという間に道路に出て、それを見て焦って
もたつく七生に後ろから追い付いた。

「待って！」

「きゃあっ、ごめんっ、ごめんなさい！　不審者じゃないんですぅ……」

七生は可愛らしい声でそう叫んだ。茜は七生の手首を掴《つか》んでいたが、それを離すと、呼吸を整えて言った。

「待って……私は何も文句を言おうとしているわけじゃないんです。ナナさん……」

今度は七生の喉から、ひゅっという音が漏れた。愕然《がくぜん》と見開いた目で茜を見つめて、すぐに後ずさりした。

「逃げないで。私思い出したんです！」

七生はぴたりと足を止めて逃げるのをやめたが、何故か顔を両手で覆っている。

「私……あの……」

覆った手の下から、半泣きになった七生の声が聞こえる。耳まで真っ赤になっている。

「私ね、あの、ごめんなさい、私太っちゃったから……恥ずかしくて……」

「そうだとしても、それは全然関係ないです！」

茜はもどかしそうに声を張り上げた。人目を気にして、彼女はまた七生の手を取った。

「お店に入れてもらいましょう！」

ぐいぐいと七生を引っ張って、施錠していない勝手口から勝手に店に入ろうとする。

そこで、ばたばたと勝手口から出てきたユウと鉢合わせした。

「どうしたの、何かあった？」

おそらく、店内にいた時に外で騒ぐ声を聞きつけたのだろう。心配そうなユウは、熊野とのスーパー銭湯帰りらしくラフなジョガーパンツにTシャツという格好だ。

「こんにちは、ユウ君！　ちょっとお店の休憩室貸してもらえる⁉」

「えっ、うん、はい……」

ユウも圧倒されたのか、素早く身を引いて茜たちを通した。

少し早く混乱から回復した千春は、呆気《あっけ》にとられた様子のユウにただいまと声をかけて、二人の後に続いた。

❄

紫藤七生は、座布団の上にちょこんと正座して、縮こまっていた。

太っちゃったと本人は言っていたが、今は中肉中背くらいで、むしろ昔が痩《や》せすぎていたようだ。ユウがお茶を出したが、彼女は頭を下げたものの手を付けようとはしなかった。

千春が茜の隣に座ると、七生は突然頭を深く下げた。

「このたびはご迷惑をおかけして申し訳ございませんでした」

「謝るのはこっちですよ、ナナさん。顔上げてください！」

七生は困った顔をした。

「でも、実際迷惑かけたでしょう……？　だって、考えてみたら私、まるきり不審者みたいだったもの……」

不審者……といえば確かにその通りではあったのだが、千春も頭を下げた。

「私もきつい態度を取ってしまって申し訳ありません……」

「いえ、本当に……つきまとっていたのは事実なので。声をかけにくくて」

七生は自信なげに微笑んだ。

「私はこの通り、見た目も変わって今は芸能活動もやめちゃったんですけど、あまねちゃんはずっと第一線で、バリバリやってて、格好いいなあ、凄《すご》いなあってずっと思ってたんです。それが、本当に偶然見かけて、嬉《うれ》しくて、つい後をつけ回すような真似を……最初は……声をかけようと思ってタイミングを見計らってたんです。でも、迷惑かなって……」

声は途中からぼそぼそと消え入りそうなほど小さくなってしまった。

そのことに自分で気付いたのか、七生は恥ずかしそうにえへへと笑った。

「今日は、フライヤーを落としたことに気付いて、こちらに捜しに来たんですけど、そこにちょうど車が入ってきたので、思わず隠れちゃいました」

「フライヤー！　これですよね、ずっと取っておいてたんですか？」

茜がリュックから映画祭のフライヤーを取り出して、ちゃぶ台に置いた。七生はそれを手に取って、ほっとした様子で紙の皺《しわ》を手で伸ばした。

「うん、記念に……昨日、あまねちゃんが建物に入った後、私、一旦《いったん》家に帰ったの。あまねちゃん、なかなか建物から出てこないし、もう会えないだろうなって思ってね。それでもフライヤー見てたら、やっぱりちゃんと声をかけて、応援してるって伝えたいって思って……あのままじゃ、不安にさせて終わっちゃうから。それで、お店の方を訪ねてみたんだ」

「そ、そうだったんですか……」

勇気を振り絞った結果、千春に不審者扱いされたわけだ。千春は申し訳なさから小さくなってしまった。

「いいえ、本当に、私が悪いので仕方ないです。それより、思い出してもらえたの、すごく嬉しくて……」

えへへと七生は笑い、緩む口元が恥ずかしいのか頬を触ってごまかそうとしている。

「実は、今日夕張に行ってきて……」

だが、茜のその言葉に、緩みきっていた七生の顔が強張《こわば》った。

「ゆ、夕張？」

「フライヤー見て、何か引っかかったから、夕張まで行けば思い出すかもって考えたんです」

「私のせいで⁉」

七生は今度は青ざめてしまった。

「えっ……私のせいで貴重なあまねちゃんのお休みが潰《つぶ》れたの……？」

七生が罪悪感で息も絶え絶えになっていたので、茜は慌てて言い直した。

「ごめんなさい、そんなに気にするとは思わなくて……確かにきっかけにはなったけど、どちらかっていうとこっちの事情で飛びついたって感じなんです。実際、とっても楽しかったし、気分転換にもなりました」

「そ……そう……？」

「そう、だから心配しないでくださいね」

七生がまだ疑い深そうな目で茜と千春を見るので、千春も茜に同意して言った。

「夕張楽しかったですよ。夕張メロンのソフトクリームが美味《おい》しくて。今度はメロン食べ放題してる時に行きたいなって思いました」

「ああ、夕張メロン……」

ただ相槌《あいづち》を打ったにしては、七生の声には熱が籠《こ》もっていた。

「いいですよね、食べたかったな……あの、私が行った時は冬だったので、全然そういう季節じゃなくて……食べ放題なんて、憧《あこが》れます」

そう言いながらも七生は微笑んでいて、メロンが食べられなかった残念さよりも、嬉しさの方が大きそうに見えた。両手の指の先と先を合わせて、胸の前でもじもじと手遊びし、目を伏せて話してくれた。

「私、映画に出たのもあれきりで、コンサートだってグループで私だけファン少なくて、結局あれからすぐアイドル活動辞めちゃったんです。でも、夕張はその分思い出に残っていて。憧れだったあまねちゃんとも会えて、いっぱいお話しできて、夢みたいでした。私の……大事な宝物」

　そう言う七生の目は、さして明るくもないこの休憩室でもキラキラと輝いて見える。彼女はその目を茜にも向けて、にこりと微笑んだ。茜は泣きそうな顔で七生に言った。

「私も楽しかったです。好きな映画とかドラマとか舞台とか、歌とかダンスとか、本当に色々……たくさんお話しできて。短い時間だったけど、行ってよかったなあ、会えてよかったなあって……」

　茜は目をぎゅっと閉じた。たぶん、なんとか涙を堪《こら》えようとしたのだろう。それでも滲《にじ》んだ涙を指の背で無造作に拭《ぬぐ》い、茜はまた顔を上げて七生を見つめ返した。

「……ごめんなさい。すぐにナナさんだってわからなくて」

「わ、いいの、いいのよ。だって、私すごく遠くから見てただけだし。あれで気付いたらむしろ凄いよ。体形も髪形も髪色も違うんだし。それに、あまねちゃんは忙しいんだから、私のことなんて忘れてて当たり前だよ。もう、えっと……何年前だっけ……」

「でも、私、ナナさんのこと思い出せてよかったと思ってます」

　正直に、率直に、茜はそう語った。

　七生からしたら、忘れられていた、というのは仕方ないとはいえ寂しいことだろう。それでも、そう言われて、七生は頬をほんのり赤らめて微笑んだ。

「えへへ……そう言ってもらえると、嬉しいな」

「ナナさん……」

茜は急にずいと膝《ひざ》で七生ににじり寄った。七生は驚いて思わず距離を取る。茜はその分をさらに縮めた。

「ナナさん。これからご飯ご一緒しませんか？　お茶でもいいです」

千春はその言葉に鳩時計を見上げた。茜が酷《ひど》く落ち込んでいたので、夕張でも道中でも食事に立ち寄ることなく、まっすぐ帰ってきてしまった。もう十四時だ。

「えっ、でも忙しいでしょう、あまねちゃん……」

「ナナさんのご都合はいかがですか」

「おなかは空《す》いてるし、ご飯もまだだけど……でも時間取っちゃうの悪いなあ……」

「あの～、それならお詫《わ》びも兼ねてうちで何かお作りしましょうか？」

えっ、と七生は驚いた様子で千春を振り返った。

「ここって、お弁当屋さんで、しかも今日はお休みですよね？　それに、お詫びなんて別に……」

「いえ、私がもっと穏やかにお声がけしていれば、こんなことには……」

千春は自分の態度を思い返して恥ずかしくなった。あの時点で七生が茜に危害を加えたわけでもなかったし、千春がもっと穏当に話を運べば、二人を引き合わせることもできたはずだった。

「あ、勿論《もちろん》、お二人がよければですけど。ここでは落ち着かないかもしれませんので」

とはいえ少なくとも移動時間や店の選択をする時間は省けるので、千春としても迷惑かなと思いながらも提案したのだ。

「ここ、美味しいですよ！」

茜が力強く勧める。

「……じゃあ、お願いしてもいいですか？」

「喜んで、お客様のためにお作りします」

千春はそう言って請け負った。

それまで女性陣から離れて部屋の隅に控えていたユウが、そっと声をかけた。

「お好きなものはありますか？」

「えっ、お弁当でですか？　えっと……」

七生は何か逡巡《しゅんじゅん》したように目を泳がせていたが、少し困ったような笑みを浮かべて言った。

「なんでも好きです」

「お弁当でなくてもいいですよ。夕張で美味しかったものでも、なんでも」

「………」

やはり何か言いたいことがあったのか、七生はちらっとユウを見て、また目を伏せて答えた。

「実は、当時は東京で活動していたんですけど……差し入れで夕張メロンのショートケーキを食べたことがあって、美味しさに感動したんです。また食べたいな〜って思ってたら、映画祭で北海道に行けることになって。メロン食べるぞって密《ひそ》かに決意して……でも、冬の開催だったので、食べられなかったんですよね」

えへへ、と照れたように七生は笑った
「引退した後は、親戚《しんせき》のいる札幌に進学したので、行こうと思えば夕張に行って、メロンを食べることもできたと思うんですけど……もう一度あそこに行って、夢から醒《さ》めてしまったらって思うと、怖くて行けませんでした」

「夢？」

千春が聞き返すと、七生は自分の胸に手を置いた。ときめきを、胸の中にしまいこむような仕草だった。

「夕張でのことは、地味な私の人生で一番輝いていた、きらきらの大事な思い出なんです」

地味なんかじゃないとか、夢なんかじゃないとか、言葉では言えただろうが、別に七生はそうしてほしいわけではないだろう。

思い出を心の支えにして生きていくことは、悪いことではない。

きっと食べられなかった夕張メロンも含めて、彼女には大事なことなのだ。

（メロン……ん？）

話を聞いているうちに、千春は重大な忘れものに気付いた。

「あっ」

思わず声を上げてしまい、その場にいた全員の注目を集める。

「あ、すみません……忘れてたことを思い出したんです。お土産にメロン買って帰ろうかなって悩んでたんですけど、そのままになっちゃって、買わずに……」

何しろ、帰りはまったくそんな雰囲気ではなくなってしまったので、千春も今この瞬間まで忘れていた。

高いしどうしようかなと悩んでいたとはいえ、行きで買っておけば、今食べてもらうこともできただろうに。

せめて弁当ができるまでのお茶請けになるものがないかと、千春は中座を詫びて、休憩室のミニキッチンでお土産を確認した。

すぐにユウがお茶を淹《い》れ直しに来た。

「どうしたの？」

冷たいとお茶は香りが抑えられてしまう。ユウはミントティーの缶を手にしていた。ミントなら香りが強いから、氷で冷やしてアイスティーにしても香りを楽しめる。苦手な人もいるだろうが、たぶんユウのことだから七生たちにも確認を取ったのだろう。いい選択肢だなあと千春は思い、お土産の袋を見せた。

「メロンのお菓子でもお茶請けにしようかなと……あっ、しまった、これユウさんへのお土産……」

「あ、いいよ、いいよ、お出しして。たくさんあるし」

ユウは手際よくお茶を用意していたが、ふと千春がキッチンに置いたものに目を留める。

握りこぶしほどの緑色の実が、何個もごろごろと透明のパックに入っている。

「これもお土産？」

「うん。メロンの――」

千春は言葉を切った。ユウがじっとその緑の実を見つめていることに気付いたのだ。

「お弁当に、使えそう？」

ユウは実を一つ取ると、勿論、と言って微笑んだ。


千春は茜たちの邪魔にならないようにと、メロンゼリーをお茶請けに出した後は、ユウとともに店の厨房《ちゅうぼう》に籠《こ》もった。

事前にサービスエリアで連絡していたのが幸いして、すでにユウは茜のためにご飯を炊いて食事の準備をしていた。ただ、千春のお土産を使うためにメニューを少し変える必要があり、そのせいで思ったより時間がかかってしまった。

完成した弁当を抱えて戻ると、入る前から楽しそうな声が聞こえてきた。

休憩室に戻った千春を見て、茜も七生も、もうできたのかと口々に言った。時が経つのも忘れておしゃべりに熱中していたらしい。

「お待たせしました。さあ、どうぞ」

千春がそれぞれの前に杉の折箱を置いた。茜は礼を言って七生を見やり、本当に美味《おい》しいんですよ、とお墨付きを与える。

七生は姿勢を正して頭を下げた。

「あの、ありがとうございます。急に、お休みの日に……」

「いえいえ！　あ、冷めますので、どうぞどうぞ」

そう言われて、七生はようやく箸《はし》を手に取った。いただきます、と丁寧に呟《つぶや》いて、折箱の蓋《ふた》を開ける。

海老《えび》のすり身と野菜の煮物、旬の野菜ときすの天ぷら、炒《いた》め物、漬物等々。彩りもよく配置されたおかずと、錦糸卵《きんしたまご》と穴子を載せたちらし寿司《ずし》。茜の大好きな玉子焼きも入っている。

七生は不思議そうな顔だ。

「これって、冬瓜《とうがん》ですか？」

七生が見ているのは、煮物や漬物に入っている瓜《うり》のような野菜だ。皮は剝《む》いてあるが、表面に近いところは翡翠《ひすい》色で、火が通った白っぽい果肉は透き通っている。

「ううん、テッカメロンです」

「て……？　メロンの品種ですか？」

「そうじゃなくて——あ、今持ってきます」

千春はそう言って一旦厨房《いったんちゅうぼう》に入って、また戻ってきた。

持ってきた緑色の瓜のようなものを、七生に見せる。

「小さい……これがメロン？」

「これは、メロンを育てる過程で間引きした子メロンなんです。すぐりメロンとも呼ぶんですよ」

夕張のお土産ですよ、とユウが煎茶《せんちゃ》を出しながら言った。

「メロン……えっ、じゃあまさか、これって夕張メロンの子……！」

そう言って、七生の目が煌《きら》めいた。憧《あこが》れの夕張メロン……の子。七生はまじまじと千春の持つ小さな摘果《てっか》メロンを見つめた。

「これが、夕張メロンになるんですね。あ、今はもう摘み取っちゃったから大きくはならないのかな……？」

ユウが、七生の独り言のような呟きに頷《うなず》いた。

「ええ。ちょうど今の時期に間引いてたくさん採れるそうですよ。お漬物にする場合が多いみたいですけど、今回は他にもご用意してみましたので、どうぞ、召し上がってください」

「じゃ、じゃあ、早速……」

七生はどれから食べるか迷った様子だったが、結局漬物に箸を伸ばした。時間がないので、今回は浅漬けだ。ぱり、という音も爽《さわ》やかで、最初は神妙な顔で味わっていた七生も、すぐにぱっと笑顔になった。

「あ、美味しい。歯触りもよくて、なんだろう……きゅうりに似てるけど、もっとぱりって感じで、爽やかな……ちょっとだけ甘い？　かな？」

「ほのかに甘みがあると言われていますね。僕もこれが二度目なんですが、やっぱりお漬物がぱりぱりとした歯ごたえもあって美味しいですね」

「千春さん、一緒に食べないの？」

急に茜がそう言ったので、千春は驚いて立ち上がる時につんのめってしまった。

「いいよいいよ、だってお邪魔だろうから……」

「でも、千春さん、私に付き合ってご飯抜いちゃったでしょう」

確かにその通りで、千春は空腹を抱えていた。味見として一つ二つ摘《つ》まんだものの、それではおなかいっぱいにはほど遠い。

「いや……」

「どうせ千春さんの分もユウ君が作ってるんだろうし」

んん、と千春は咳払《せきばら》いした。その通りだった。気遣って遠慮したつもりが、一回りほども年下の茜に完全に見透かされてしまい、ちょっと気まずい。

「それなら、是非一緒に食べてください」

七生もそう言うので、千春は、じゃあ、とユウをちらりと見た。

「私も交ぜてもらおうかな……」

「うん。持ってくるね」

恥ずかしそうな千春を見て、ユウの口元に笑みが零《こぼ》れている。

ユウが持ってきてくれた弁当をありがたく受け取って、蓋を開ける。

中身は茜たちと同じ、摘果メロンを使ったお弁当だ。

いつものように手を合わせて、試食の時から思い切り頬張りたかった煮物を最初に食べることにする。えびしんじょはふわふわで、そこに粗くすりつぶした海老のぷりっとした食感が混ざり、出汁《だし》をたっぷり吸った摘果メロンが冬瓜よりはややかたく、それでもほろりと口の中で崩れていく。あっという間になくなってしまうのが勿体《もったい》ない。

「美味しい……」

しみじみと呟いてしまって、提供した側が言ってはいけないだろうと、咳払いをしてごまかそうとする。茜はにやにやしていたが、七生は興味深そうに浅漬けを見つめて言った。

「メロンってデザートとしてしかお弁当には入らないと思ってましたけど、子メロンだとこんなふうに食べられるんですね」

「そうですね、同じウリ科のきゅうりにも似ていますが、青臭さもありませんし、食べやすいですね。美味しいメロンを作るために間引かれたものですが、お惣菜《そうざい》にするとお弁当のおかずにもなります。炒めても美味しいですよ」

七生はユウの話を黙って聞いて、また浅漬けをぱくりと食べた。長く漬けてはいないのでまだサラダに近いくらいだが、これはこれであっさりと食べられて、箸休《はしやす》めにちょうどよい。他には牛肉と一緒に甘辛く味付けをした炒め物もあって、こちらは淡泊な摘果メロンががっつり系のおかずになっている。

「そのままデザートにはならなくても、別の方法で美味しく食べられるの、素敵ですね」

そういう七生は目尻《めじり》がいっそう下がって、穏やかな表情に見えた。

「こうありたいですねえ」

「え？」

茜に聞き返されて、七生は照れ笑いを浮かべて、その頬肉を恥ずかしそうにもみほぐした。

「えへへ……自分と重ねるのも変な話かもしれないけど。でも、何か一つ無理だったとしても、別の道を模索するのは、よいことだよね。私もアイドルはとっくに諦《あきら》めちゃったけど、別の道を頑張りたいなあって。頑張って、あまねちゃんと夕張で会えたの、私はすごく誇りに思ってるから……だから、これからも、それに恥ずかしくないように頑張りたいなって」

茜の頬に朱が差した。その目にじわじわと涙の膜ができていくのを見て、七生はぎょっとした様子だ。

「あれっ、私変なこと言っちゃったかな……!?」

「ううん。あの……」

茜は差し出されたティッシュを受け取って涙を押さえたが、ティッシュはあっという間に濡《ぬ》れてしまう。

「あのね。私ね……」

「うん」

「さ、最近、なんか……ちょっと、しんどいんです。忙しくて、時間がないせいで、色々中途半端になってないかなって怖かったし。なんか、焦ってばっかりで。だから、そんな、誇りに思ってくれるような人間じゃ、なくて……全然、ダメで……」

俯《うつむ》いて、背中を丸めて、肩を震わせる。その小さく細い背中に、七生はそっと手を当てた。

「忙しそうだったもんね。しんどいよね。ごめんね、私が勝手に誇りに思ってるってだけなんだから、あまねちゃんはなーんにも気にしなくていいんだよ。私は、ただ、今までのあまねちゃんの頑張りを凄《すご》いなって思ってるだけなんだから」

茜は泣いて赤くなった目で、七生を見つめる。

「一番怖いのは、ファンの期待を裏切っていないかってことなんです」

「充分だよ。充分！　充分頑張ってる！　あまねちゃんのこと好きな人はみんなあまねちゃんがすっごく頑張ってること知ってるし」

「私たちも、勿論《もちろん》、お父さんもだよ」

千春がそう言うと、茜はまた顔をくしゃくしゃにして、子どものように泣いてしまった。昨日からの茜のつんけんした態度を思い起こす。きつい〝冗談〟を千春に言ってしまった後の、苦々しい表情を覚えている。きっと、あんなふうにきつい言葉を投げかけるつもりはなかったのだろう。限界だったのだ。

茜は辛《つら》くても、苦しくても、まず弱音を吐くことがない。ようやく弱音を出せた茜が、千春は愛《いと》おしかった。

「茜ちゃんが頑張ってることも、優しいことも、知ってるよ。大事だから、無理しないでほしいなって思ってるんだよ」

「……………うん」

茜は、もう数枚のティッシュを追加して涙を拭《ぬぐ》い、ようやく顔を上げて、笑った。

「ありがとう」

こんな真っ正面から茜に見つめられると、千春も思わず見とれてしまいそうになる。ぼんやりしていたことに気付いて、千春は言い繕おうとした。

「……ほっ、ほらっ、お弁当食べよう！　あったかいうちに食べた方がいいよ」

「千春さん、食べ物の話ばっかりじゃない」

くすくす笑う茜は、もういつも通りに見えた。

可愛らしい笑い声で満たされた狭い和室は、普段よりなんだか明るく感じられた。

緑色の小さな果実は今や大きく育っていた。

皮には網目模様が細かく盛り上がり、オレンジ色に熟した果肉が甘美な芳香を漂わせる。

冷やしたメロンをスプーンで掬《すく》って口に入れると、贅沢《ぜいたく》な香りと味に目眩《めまい》がしてきた。

「う〜っ、幸せ……」

果物って凄いなあ、美味《おい》しいな……と紫藤七生は至福の時間を過ごしていた。

夏の夕張に、ついに来たのだ。

一階はメロンの直売と発送、夕張メロン関連商品の販売をしており、二階に飲食スペースがあって食べ放題ができた。夏休み中で、店内は観光客で賑《にぎ》わっている。予約しておいてよかったと思う。

七生は、大事なアイドル時代の思い出が褪《あ》せてしまったりはしないかと、夕張に来ることをずっと避けていた。

でも、頑張っている白鳥あまねやくま弁で食べた摘果メロンのことを思うと、自分だけ思い出の中に留《とど》まってもいられない気がした。

それで、前へ進むためにも、夕張を訪れてみることにしたのだ。

隣のテーブルの客たちが席を立った。三十分の制限時間で入れ替えている。すぐにテーブルは綺麗《きれい》になって、次の客のために新しくメロンが盛り付けられる。

そして、新しい客が入ってきた時、その姿をちらりと見て、七生はスプーンを口に入れる寸前で固まってしまった。

動揺のあまり、スプーンからメロンが落ちた。幸い、皿の上だから無駄にはならない。

「あっ」

隣のテーブルに来た若い女性が、七生を見て、明るく微笑んだ。

「ナナさん」

「違うっ、違うんです！」

七生は上擦る声を上げた。白鳥あまね、本名黒川茜はきょとんとした顔で七生を見つめて、けたけたと笑った。

「何が違うんですか。ナナさんじゃないですか」

「いや、私なんだけど……あの、私、前科があるので……ほら、またやらかしたって思われるかもしれないなって」

「あ〜、後を付けてたんじゃないかとか？　でも、今回はナナさんの方が先にお店にいたじゃないですか」

そう言って、七生のテーブルに山と積まれたメロンの皮を見やる。

食べ終わったメロンの皮は皿の上に几帳面《きちようめん》な山形に積んでおり、数がわかりやすい分却《かえ》って恥ずかしかった。

「やっぱり、目的はメロンですか？」

「えへへ、うん。子メロン、美味しかったし、完熟メロンもいっぱい食べてみたいなって……」

「結果、どうでしたか？」

「もうね、すっ……ごく」

七生は思いきり溜《た》めを作ってから答えた。

「美味しい！　甘い！」

「よかったですねえ」

「あまねちゃんも、メロンを食べに？」

「ええ。先月の頭はまだ食べ放題していなかったので……それに、千春さんたちにお礼を送りたかったんです」

「何々、お友達？」

茜の向かいに座った男性が、七生の顔を覗《のぞ》き込んだ。髭《ひげ》を整えたくせ毛の男性だ。なんだか誰かと似ている——と気付いた時、茜が渋々といった様子で紹介してくれた。

「ナナさん、これ私の父です。パパ、紫藤七生さん。お友達なの。失礼のないようにしてね」

後半は男性へ向けての言葉だ。

「は、初めまして」

「初めまして、こんにちは！　茜の父です」

そう言う男性は一切れ目のメロンに手を伸ばしていた。

それを見て、七生は茜の時間を無駄にすまいと勧めた。

「あっ、あまねちゃんも食べて、食べて……時間なくなっちゃうよ」

「時間いっぱいは食べ続けられませんよ、たぶん……」

そう言いながらも、茜も手を拭《ふ》いてメロンを皿に取る。

「まあ、私もこれのために来たので、遠慮なく——いただきます」

茜はスプーンを手に取って、果肉に差し入れた。よく熟れた果肉は柔らかく、簡単に一口分の果肉が掬える。

「ん」

一口食べると、ぱっと顔が輝いた。

七生の方を煌《きら》めく目で見てくる。興奮が伝わってくる。七生も嬉《うれ》しくなって、ぐっと親指を立てた。茜も、こくこくと頷《うなず》いてサムズアップする。

七生は自分でも新しいメロンを皿に取った。スプーンで掬って口に入れると、甘く豊かな香りがいっぱいに広がって、何度でもきゅんと胸がときめいてしまう。

完熟メロンを味わいながら、七生は摘果メロンを思い出す。小さな可愛らしい摘果メロンの微《かす》かな甘み、苦みのない爽《さわ》やかな味が、ふと口の中に蘇《よみがえ》る。選《え》りすぐりの実を残すために摘み取られたあのメロンも、七生は好きだ。いったいどれほどの手間暇を掛けたらあんなに小さいメロンがこの完熟メロンになるのかと不思議なくらい、二つのメロンは異なるのだが。

それでも、美味しいものは美味しいのだ。

七生はわけもなく楽しくなって、へへ、と笑い声を漏らした。

・第三話・　イカタコパーティーセット

日本海《にほんかい》オロロンラインは気持ちのいい道だ。

北海道の左肩の辺り、日本海に沿って南北に延びる道路がそれだ。夏などは、海と草原と切り立った崖《がけ》に挟まれた道をドライブしているだけで楽しい。道沿いには風力発電所が点在し、北に行けば大規模なオトンルイ風力発電所の巨大な風車がずらりと並ぶ。緑の草原から青空へ向かって真っ白い風車が伸びる様子はそれは壮観なのだが、そこまで行くとさすがに帰るのが遅くなる。

昨日は友人の引っ越しの手伝いで札幌から増毛《ましけ》へ来たが、一泊して朝になってみると天気は快晴で、このまま帰るのが勿体《もったい》なくなってしまった。

さて、どこまで行こうかな。

ユウは特にあてもなく国道231号を札幌ではなく天塩《てしお》方面へ向かって北上する。店のロゴが入ったバンは昨日は荷物を載せて活躍してくれたが、古くて速度もあまり出ない。それでも秋に入ったかどうかというこの日に窓を開けて走っていると、潮風がごうごうと頭を撫《な》でていき、爽快《そうかい》だった。

増毛から二十分ほど北上すると留萌《るもい》の市街地へ辿《たど》り着く。そこでふと標識に黄金岬《おうごんみさき》とあるのを見つけ、道道22号に入ってみた。

黄金岬海浜《かいひん》公園は、夕陽の名所だ。

残念ながらまだ午前中だが、日本海に突き出た荒磯はマグマによって形成された柱状の奇岩が目を引き、海の向こうには暑寒別岳《しょかんべつだけ》も見える。雪の多い暑寒別岳は例年七月まで残雪があるし、十月には初冠雪を記録する。今は九月頭。これから紅葉が裾野《すその》へと徐々に下っていくのだろう。ぼんやりと霞《かすみ》がかかったような山肌はまだ緑が多かったが、すぐに秋の装いを纏《まと》うはずだ。

打ち付ける波の音を聴きながら、ユウは胸いっぱいにひんやりと湿った空気を吸った。缶コーヒー一本分の時間をゆっくり使い、最後に背伸びをして車に戻った。

出発前にラジオを聞いてからカーナビでルートを確認する。渋滞も特には発生していないようだ。

そろそろ出ようかと思った時、ユウは大きなあくびをして、昨夜少し遅かったこととと、引っ越しの手伝いで疲れていることを思い出した。十分でも寝た方がいいかもしれない――。

そう思った次の瞬間には気持ちよく寝ていたらしく、開けっぱなしの窓から入る風で目が醒《さ》めた時には、三十分ほども経っていた。

思っていたよりも寝てしまった。いい加減小腹も減ってきたし、どこかで食事でも摂《と》ろう。出発のためシートベルトをつけ、エンジンをかけようとして――異変に気付いた。

エンジンがかからない。

あれ？　と思いながらもう一度、エンジンをかけようとした。アクセサリーモードも試してみた。どちらもダメだ。エンジンはかからないし、車内の電装もつかない。

いやいや……たった三十分……もしかしたらアクセサリーモードのままだったかもしれないが……まさか、こんなことでバッテリーが……？

ユウは少しの間手で顔を覆った。眠気はすっかり飛んでいた。

ラジオとカーナビをつけっぱなしにして寝て、バッテリー上がりを引き起こしたのだ。たった三十分で？　と思ったが、何しろ古い車だ。バッテリー交換はしていたが、他の充電設備周りの調子が悪く、充電量が少なかったのかもしれない。異音とかあったかな……？　と記憶を掘り起こす。こんな短時間でバッテリー上がりしたのは初めてだ。

「ロードサービス呼ばないと……」

とにかくエンジンがかからないと車を動かせない。車が動けば整備工場にも持っていけるし、問題なさそうならとりあえず札幌まで帰り着くこともできるだろう。

スマートフォンを手にして加入しているロードサービスに電話をかけようとした時、隣の駐車スペースに車が入ってきた。

ふと見ると、それは空色のバンだった。

型式は古そうだったが、車体は綺麗《きれい》な空色に塗られて、陽光にぴかぴかと輝いている。

その車の助手席の人物は、こちらを見ていた。運転席の人物も、駐車すると、こちらを見た。二人とも、目を見開いて驚いた様子だが、ユウを見て微笑んだ。

五、六十代くらいの男女で、運転席に座る男性の方は半白の髪を撫で付け、肉付きのいい顔に丸眼鏡をかけている。女性の方はもっとほっそりとしている。

あ、とユウの口から声が出た。

彼らの顔を見て、ユウが最初に思い出すのは、イカリングと焼き鮭のミックス弁当だ。

彼らの夢は確か――。

❄

千春はサラミを切っていた。函館《はこだて》土産の一つだ。熟成された風味と溶ける脂身を想像し、唾《つば》を飲み込む。

サラミを切りながら、ユウの一泊旅行の経緯を語る。

「ユウさんが前にバイクでツーリングしてた時に知り合ったお友達がいて、その人が増毛に住むことになったんです。それで、ユウさんはお引っ越しの手伝いに行くことになって」

熱い番茶を淹れたユウが、ちゃぶ台に人数分の湯飲みを置いて、その後を引き継ぐ。

「千春さんも手伝うって言ってくれたんですけど、うちのバンに引っ越しの荷物を載せると、千春さんが乗るスペースがなくなったんですよね」

「えっ、あのバン出したの？　結構古いけど、増毛まで大丈夫だった？」

公森《こうもり》がおっとりとした口調でそう尋ねた。

公森は六十代の男性で、くま弁の常連だ。千春とはジムでもたまに顔を合わせる。中肉中背というには少し肉がついているが、日々の運動で顎《あご》周りなどはすっきりしてきた。

彼が心配しているのは、店のバンがあまり調子がよくないと知っているからだろう。清潔を保っているし大事に使っているのだが、何しろ古くて走行距離もかなりのものなのだ。

「いやあ……」

ユウが頭を掻《か》いた。表情が若干強張《こわば》っていて目も泳いでいる。

帰り道でバッテリー上がりしたという話は千春もユウから聞いている。ひとまず無事に帰ってきたが、車は点検のため近所の整備工場に預けている。

「でも、なんで函館土産があるの？」

常連の黒川が、横から手を伸ばしてサラミを一枚摘《つ》まんだ。

「美味《おい》しい！」

黒川の疑問はもっともだ。

函館は札幌から見て南にあり、増毛は北にある。車で行けばルートによるが六時間前後かかる距離だ。

「函館土産があるのは、道中で守田《もりた》様にお会いして、その時いただいたからです」

「えっ、守田さん？　キャンピングカーの？　うわーっ、旅先で会うなんて、偶然だねえ」

黒川の問いに、ユウは微笑んで頷《うなず》いた。

「お元気そうでした。キャンピングカーで、函館の方からずっと北上してきたとおっしゃっていました」

守田夫妻はくま弁の常連客だ。退職後にキャンピングカーであちこち旅行に行くのが夢だと言って中古のバンを買い、時間をかけて自力でキャンピングカーに改造していたが、ついにそれが完成したそうだ。

「今は雇用延長で働きながら、奥様と休みを合わせてちょこちょこ旅行されているそうですよ。退職したら、フェリーを使ってもっと遠くまで行く計画があるそうです」

「いいなあ、退職後の夢……！」

黒川がうっとりと目を閉じて言った。

「函館から増毛の方までっていうと、かなり距離あるよねえ」

公森がのんびりとした喋《しゃべ》り方でそう言い、小首を傾げた。

「そうですね。でも、運転自体がお好きみたいで。近くのオートキャンプ場に行く予定で、名所に立ち寄ったら見慣れたバンがあった……と声をかけていただきました。実は、僕の不注意で車のバッテリーが上がっちゃって……ケーブルをお持ちだったので、繋《つな》げてジャンピングスタートさせてくださったんです」

「えーっ、よかったね……。気を付けないと」

「バッテリー弱ってたのかなあ」

黒川も公森も心配そうだ。

「……あ、じゃあ、この函館土産は守田さんの？」

公森が気付いた様子で、千春が皿に盛り合わせているサラミやお菓子を指差した。

「はい。助けていただいた上に、色々いただいてしまって……よければ皆さんで、とのことでしたので」

「そうだったんだねえ。それじゃあ、ありがたくいただこうかな」

公森はほくほく顔でクッキーに手を伸ばした。彼は甘いものに目がなく、あちこちの甘味を食べ歩いたり、お取り寄せしたりしている。

美味しそうに食べる公森を見ていると、こちらも嬉《うれ》しくなってくる。

そのユウの隣で、黒川が再びサラミを摘まんで言った。

「ねえ、ビール出していい？」

「もうですか？」

ユウの少々批判的な口調にもめげずに、黒川はサラミを口に入れて立ち上がった。

「美味しい！　やっぱりサラミにはビールだよ、ビール」

そう言って、いそいそとミニキッチンの冷蔵庫へ向かう。黒川は甘党兼辛党で、今日の彼の手土産はビールだった。

「……あらっ」

冷蔵庫を開けた音の後、黒川のそんな声が聞こえてきた。

黒川は両手にビールを抱えて戻ってくると、嬉しそうにユウに言った。

「あらあら～、冷蔵庫の日本酒はお土産かな～？」

「……あれを出すのは料理ができてからにしてくださいね」

　増毛町にある国稀《くにまれ》酒造は日本最北の酒蔵と言われる。ユウがお土産に買ってきてくれたのは、暑寒別岳連峰の柔らかな水から造られる、国稀酒造の純米吟醸酒だ。

「前に僕がシーズンに行った時は原酒もあったよ～！　車だと試飲できないから、バスとかがいいと思うよ！」

　ドライバーとして行ったユウは試飲もできなかったのだろう。苦笑いを浮かべて、また今度行く時はそうします、と返した。

　黒川からビールを差し出されたユウは、軽く首を横に振って断った。

「増毛から日本海オロロンラインを北上して、留萌の黄金岬にも行ってきたんです。綺麗でしたよ」

　黄金岬というと北海道では積丹《しゃこたん》にもあるが、ユウが行ってきたのは留萌の方だ。

「オロロンライン、気持ちいいですよね。わたくしも好きですよ」

　にこにこと笑顔で言ったのは神秘的な雰囲気の女性だ。こちらもくま弁の常連客で、本名は片倉《かたくら》だが、カタリナという名前で人気の占い師でもある。レースのついた黒いベールを被《かぶ》った彼女は優雅な所作で番茶を飲む。

「ドライブされるんですか？」

「ええ、海を見るのが好きなんです」

千春の問いにそう答えて、片倉はにこりと微笑んだ。

「お、皆さん来てるね、こんにちは」

遅れてやってきたのは熊野だった。彼はよいしょと声を出して座布団に腰を下ろした。函館のお土産として守田夫妻からイカをもらい、ユウが増毛のお土産としてタコを買ってきたので、ユウたちは休日に気心知れた友人たちを招いて食事会を開くことにした。今日も賑《にぎ》やかな食事会になりそうだな、と千春はにこにこしていたが、ユウを見ると、視線を落としてぼんやりしているようだった。千春の視線に気付くと、微笑みを返して立ち上がる。

「ちょっと、下ごしらえしておきますね」

「お、楽しみだなあ」

黒川は、髭《ひげ》にビールの泡をつけてご機嫌だ。

「今のうちに、皆さん、どんなお料理が食べたいか、決めておいてくださいね」

黒川たちにそう言うと、ユウは厨房《ちゅうぼう》に入っていった。

「あ、手伝ってきます」

千春はユウの後を追って厨房に入った。

「ユウさん、どうしたの？」

ユウは、下ごしらえすると言った割には、冷蔵庫の前で膝《ひざ》を抱えてしゃがんでいる。

「えっ、おなか痛い？　疲れた？　疲れたよね、今日帰ってきたばかりだし、トラブルもあったし……」

「千春さん、ごめんね……」

ユウはしょんぼりと肩を落として、千春を見上げた。

「えっ」

「バンのこと……千春さんは、荷物も多いし心配だって言っていたのに」

「ああ！」

ユウが店のバンを出して友人の引っ越しを手伝うと言った時、千春は不安を口にしたのだ。

千春も店のバンで夕張まで行ったことがあるし、その時はなんともなかったのだが、最近はエンジンのかかりが悪いことがあり、古くて走行距離も多い車に引っ越し荷物を満載して増毛まで……というのは、少々不安だったのだ。

「でも結局高速も使わないからいいかなって結論になったし、ユウさんが一人で責任を感じることはないような……」

「宅配やってみたいねって話していたのに」

「あー……」

そう、実はしばらく前から、くま弁で宅配をやってみてはどうかと二人で話していたのだ。バンを使う予定だったが、果たしてちゃんと直るのか……。

「まあ、まだ話し合わないといけないこともあるし、それを考えたら実際に宅配を開始するのは先の話になりそうだと思うよ」

諸々《もろもろ》考えたのだが、宅配を始めるならやはりバイトを雇う必要がある。配達範囲はどこからどこまでか、時給はいくらか、夜遅いと注文も減るから、コアタイムだけにしようとか——そういったことを一つ一つ決めていかねばならないのだが、何しろすでに割と忙しいので、果たして宅配を始めて仕事を回せるのか？　という不安もある。新しいバイトに、ケータリングやオフィスビルへの販売も任せられると、千春たちは楽になるのだが……。

ユウはまだ落ち込んだ様子でぼそぼそと喋る。

「……話し合いが進まないの、忙しいからだよね……昨日も引っ越しの手伝い入れちゃったし」

千春は隣にしゃがみ込み、穏やかな声で言った。

「それはしょうがないよ。別に遊びに行ったわけじゃないんだから気にしないで」

「でも、増毛から北上したのは観光のためだったから……」

「ほんのちょっとでしょ。たまには息抜きも必要だよ。私だって夕張行ったし」

ユウからの返事はない。料理が好きで、仕事が好きな人だから、きっとたいして息抜きが必要だとは思っていないのだろう。バンの故障もあって、自責の念が強くなっていそうだ。

「ごめんね、千春さん。僕がもっとてきぱき進められたらよかったんだけど」

「謝ることないよ！　焦るものでもないし、じっくり考えていこう」

「うん……」

ユウは別に事務作業が苦手というわけではなく、千春が一緒に働き始める前は普通に事務系の雑務もやっていたのだが、得意不得意でいうと千春の方が得意なので、事務や経理の仕事は千春の担当になっている。

もしかしたら宅配の導入についても、千春がもっとぐいぐい進めていった方がいいのかもしれない。

「あの、よかったら、私が宅配のこと調べておくよ。私の方が経理担当だし、バイト代も相場とうちの経済状況から考えてみるし……車もさ、中古市場見ておくね」

「そこまでやると千春さんの負担が大きいよ」

千春は呆《あき》れてユウの顔を覗《のぞ》き込んだ。

「何言ってるの。ユウさんの方がいつも忙しいんだから、このくらい私がやるよ」

「いや……」

ユウは何故か言いよどみ、また俯《うつむ》いてしまった。

あんまりユウが落ち込んでいるように見えたので、千春はこの話題はひとまず置いておくことにした。

「ユウさん、きっとそろそろみんな何を作ってほしいか決めたところじゃないかな。戻って訊《き》いてみようよ」

千春にそう言われて、ユウは顔を上げた。

「うん……そうだね」

料理のことになると、ユウは元気になる。

ユウと千春は休憩室に戻った。

しかし、結論から言うと、料理はまだ決まっていなかった。

皆に三十分程度遅れてやってきたのは、土田《つちだ》若菜《わかな》という若い女性だった。若菜はひょいと休憩室を覗いた。

黒川たちは熱心に話し合っていた。

「やっぱりイカ焼きですよ！」

黒川が強くそう主張すると、公森がやや被《かぶ》せ気味に言った。

「いや～、新鮮なイカならイカそうめんかなって」

片倉がうっとりとした表情で言う。

「タコしゃぶとかタコのカルパッチョも美味《おい》しいと思います。臭みもなくて柔らかくて……」

「とりあえずすぐできるものにしないか？」

熊野が仲裁のつもりなのかそう言ったが、他の三人はあまり聞いていない。

その様子を見て、若菜はぽつりと呟《つぶや》いた。

「まだ始まってなかったんだ……」

千春はやや疲れた顔で若菜を出迎えた。

「若菜ちゃん、ようこそ……そうなんだよ。何を作るかで侃々諤々《かんかんがくがく》の議論がね……」

「イカから！　是非イカからお願いします。イカの方が絶対美味しいですよ」

「黒川さん？」

片倉の声は特に大きいわけでもないのに、やけに部屋に響いて聞こえた。

「タコだって美味しいと思いますよ。イカ焼きは……ちょっとかたいことがありませんか？」

「それは美味しいイカ焼きを食べてないんですよ！　美味しいのは、柔らかくて、香りもよくて、それはもうすごくビールが美味しく感じられるんですよ」

「わたくし、白ワインを持って参りましたの。キンキンに冷やした白ワインにタコのカルパッチョ、合うと思いませんか？」

片倉のその言葉に、イカ派だった黒川が突然呻《うめ》き始めた。

「あっ、それは……うーっ」

「ちょ……ちょっとお、黒川さん。イカって言ってたじゃないの」

公森が困り顔で黒川に言うが、黒川は難しい顔で頭を振った。

「公森さんはイカそうめんでしょ。僕はイカ焼きがいいんですよねえ……同じイカ料理でも違うし……うーん……」

皿に盛り付けていた分がなくなったので、熊野がサラミを新しく切り始めた。

千春はそれを一つもらって口に放り込み、若菜にも勧めた。サラミの脂身は口の中で赤身部分と一体となって熟成された旨《うま》みを残して溶けていく。確かに、ビールが合いそうだ。

「タコとイカかあ」

若菜は公森と片倉の間に座っていた。彼女の呟きは勿論《もちろん》二人の耳にも入った。

「イカ、イカがよいと思いません？」

「タコにしましょうよ」

ほとんど同時にそう言ってくる。若菜はサラミを味わいながら、瞬《まばた》きした。

「こら、土田さんまで巻き込まないんだよ」

熊野が苦々しげな顔で言った。若菜は今来ている客たちよりかなり若く、千春より年下だ。料理教室では熊野の教え子でもあるから、熊野なりに若菜を気遣っているのだろう。

だが、若菜は興味津々に公森と片倉、それに黒川を順に見た。

「公森さんがイカそうめんで、片倉さんがタコのカルパッチョ、黒川さんがイカ焼きって言ってたのに裏切りかけているってことね」

「いや……裏切りとか物騒過ぎませんかね？」

「じゃ、アタシはイカかな。イカと大根の煮たやつ、この前お料理教室で教えてもらって美味しくできたから。味が染みこんだ大根がすごく美味しかったの。あ、でもタコザンギもいいよね。居酒屋さんにあると絶対頼む」

若菜の言葉を聞いて、熊野が大きく溜息《ためいき》をついた。

「土田さんまでさあ……」

「だって面白そうだもん」

若菜は悪気なく笑っている。

「じゃあさ、多数決にしたら？　それぞれ、自分以外の意見に票を入れるの」

若菜のその提案に、イカ派の公森が思案しながら言った。

「たぶん私はイカ大根に投票して、黒川さんはタコのカルパッチョでしょ。片倉さんは……」

「タコザンギですわね。若菜さんは？」

「アタシはイカそうめん！　……あ」

自分以外の意見を選んでも、結果はばらばらだ。

「ダメだ～、じゃあもうくじ引きしましょ」

黒川の提案は一瞬客たちに受け入れられそうになったが、若菜が何か言いたげに小さく手を挙げた。

「くじは片倉さんが強そう……占い師さんだし」

「えっ……いや、占い師といってもそういうのは別じゃ……」

黒川はそう言って片倉の方を見たが、彼女は眉間《みけん》に皺《しわ》を作って困り顔だ。

「もしかして、くじもわかるんですか、どれが当たりとか」

「そこまではっきりとしたものではないのですが、くじを引こうとした瞬間に何か予兆のようなものが降りてくる可能性は否定できません……ひらめきといいますか……」

意図していなくてもそういうものが『降りてくる』というのはなかなか大変かもしれない。公森がうんうんと唸《うな》ってまた別の提案をした。

「それぞれがプレゼンするのは？」

「それだと最後はまた投票になってまとまらなくなりそう……」

若菜が冷静にそう言った。まあ言われてみればそうだと公森も納得した。

「あ、いえ、それではわたくしは関わらないので、くじ引きでもよいのではないでしょうか」

「じゃあ、千春さんにあみだ作って引いてもらいます？」

黒川がそう言い、片倉が千春に声をかけてきた。

「千春さんにお願いしてもよろしいでしょうか？」

「はあ、いいですけど……」

「あ！　それならタコ焼きも入れてください」

頼んできたのは黒川だった。

「はいはい、ええと……」

千春は紙にペンで挙がった料理名を書いていった。イカ焼き、イカそうめん、イカ大根、タコ焼き、タコのカルパッチョ、タコザンギ、タコしゃぶ……。

それを見た公森が不服そうな声を上げた。

「待ってください。これだとイカ派が不利では？　イカ派三種ですよ。酢イカも入れてください」

「酢イカは作るのに時間がかかりませんか？」

「それならイカリングフライ～！」

若菜が楽しげにそう主張したので、千春はイカリングを書き加えた。

ユウはその紙を見て、不満そうだ。

「これ、この中から僕が適当に作るのでいいんじゃないですか？」

「待って！　絶対にこれだけは作ってほしいってものがそれぞれあるから……作られなかったやつが悲しいから……」

黒川が勢い込んで言うと、公森もうんうんと頷《うなず》いた。

「今その『これだけは』ってやつを決めてるところなんだよお。だから待っててね！」

「いや、あの……」

その時、玄関からチャイムが鳴る音が聞こえてきた。熊野が腰を上げて迎えに行ってくれたが、なんとなく予感があって、千春はユウに尋ねた。

「他にも誰か来られる人いた？」

「ええと……あ、橘《たちばな》さんへの連絡を黒川さんに頼んでいたけど——」

次の瞬間、襖《ふすま》が勢いよく開いて、若い男性が入ってきた。染めた髪があちこち跳ねているが、寝癖なのかそういうヘアスタイルなのかどうもよくわからない。

写真スタジオで働く橘という青年で、彼もくま弁の常連だった。

「こんにちは！　旅行行ったって聞きましたよ〜」

「こんにちは、橘さん。今日は佐倉《さくら》さんは？」

千春の問いに、橘はきょろきょろと室内を見て答えた。

「仕事なので、夜にお邪魔したいって。まだ始まってなかったんですね？」

「あ〜……」

黒川たちは顔を見合わせ、なんとなく同時に千春の手元を見た。そこには料理名が書かれた紙があった。

「ちなみに、橘さんは何か食べたいものは……」

千春がそう尋ねた瞬間、黒川と公森がほとんど同時に言った。

「タコのカルパッチョどうですか？」

「イカそうめんいいよねえ」

お互いに、ハッとした顔で相手を見る。片倉が悩ましげに溜息をついた。

「奇数……ということは、タコ派とイカ派の釣り合いがとれなくなりそうですわね……」

「それはしょうがないよ。むしろ、橘さんにこの中から一つ選んでもらって、それで決定っていうのでもアタシはいいような気がするな……または橘さんが優先順位をつけて、その順番にユウ君に作ってもらうようお願いするとかさ」

「それだと橘さんの責任が重大――っていうか最後に来て全部持ってくのずるくないですか⁉」

「黒川さん、ずるいは言い過ぎだよぉ。橘さんは、イカとタコどっちが好きかな？」

「あ。待ってください。その答えを聞く前に決め方を――」

まとまりかけていた話がまたとっちらかっていく……。

千春は思わずペンを握り締めて頭を抱えたし、熊野も顔を手で覆って、また溜息をついた。何もわからず橘は小首を傾げている。ユウは――。

ユウは、すっくと立ち上がった。

彼は苦々しげな顔をして、腰に手を当てて黒川らを見下ろした。

「皆さんを争わせたくて集まってもらったわけじゃないですよ」

声は落ち着いていたが、強張《こわば》っており、彼が怒っていることは伝わってきた。黒川が、しゅんとして言った。

「そりゃ、争わせたくて人を集めるのなんかデスゲームの主催者だけだよ……」

「黒川さん、混ぜっ返さない！」

鋭く注意されて、黒川が唇を尖《とが》らせる。仕草と趣味が茜ちゃんと一緒だな……と千春は密《ひそ》かに思った。

「僕は明日《あした》の仕込みがあるので一旦《いったん》失礼します。皆さんはゆっくり『お話し合い』なさっていてください」

ユウはそう言うと、店の厨房《ちゅうぼう》へ行ってしまった。

残された客たちはさすがにばつが悪そうに顔を見合わせている。

千春は、どうしたものかと黒川たちと厨房を交互に見て、一度は腰を浮かしたが、熊野に肩を叩《たた》かれた。

「ユウ君は俺が手伝ってくるから」

「あ、はい……」

熊野はユウを追って厨房に入ってしまった。

「……大人げないことしちゃったね、お恥ずかしい……」

公森は申し訳なさそうな顔で頭を掻《か》く。定年退職後の人生を楽しんでいる彼は、この中で一番年上だ。

「いえ、わたくしこそ……この年になっても好き嫌いが直っていなくてお恥ずかしいです」

片倉もそう言いだし、黒川が、置いていかれたような、心細そうな顔をした。

「でもそんな取っ組み合いの喧嘩《けんか》になったわけじゃないですし、そりゃ、まあ、全然決まらなかったですけど……」

「正直、ちょっと楽しんじゃった……どんどん美味《おい》しそうな料理が出てくるから」

しょんぼりとしてそう言ったのは若菜だ。随分年下の彼女からまで反省の言葉が出てきて、黒川もさすがに気まずくなったようだった。

「……まあ、そうですね、あんまり褒められた態度じゃなかったですね……」

「え？　何、どうしたんですか？」

状況がまったくわかっていない橘のために、千春は軽く説明した。

「かれこれ四十分くらい何を作ってもらうかで議論しているんです」

「うわ。イカタコに本気出しすぎでしょ……」

橘は容赦がない。黒川はその鋭さにたじろぎつつも反論らしき言葉を口にした。

「いやっ……でも、イカもタコも美味しいし……ユウ君のお料理がそれだけ美味しいってことでもあるからね」

「それはそうなんですけれど……考えてみたら、わたくしたちは大上さんに頼り過ぎではないでしょうか」

胸に手を当てた片倉はその柳眉《りゅうび》を寄せて、何やら考え込むような表情だ。

「大上さん、今日増毛から戻られたのですよね……それなのに、お料理までしていただき、わたくしたちはそれを食べるだけ……というのは、どうなのでしょう」

こちらが呼んだだけだし、別にそこはそんなに気にしなくてもいいと思うのだが。

しかし、千春が何か言う前に、公森が勢いよく同意の声を上げた。

「わかる！　私もね、なんだか毎回悪いな〜って……」

「いえ、気になさらないでください。食べていただきたくてお呼びしているので……あ、それに、函館土産は守田さんからですし……」

千春はそう言ったが、話を聞いていた若菜が、新たな提案をした。

「それならさ、アタシ作るよ。料理教室でこの前イカ大根習ったって言ったでしょ。ちゃんとイカ捌《さば》くところから習ってるから大丈夫！」

なるほどぉ、と公森は感心した様子だ。

「じゃあ、私もイカ焼き作るよ」

「イカそうめんじゃないんですか？」

黒川が意外そうに尋ねた。

「等間隔で細く切る自信がないなあ。イカ焼きは作ったことあるよ。ここのミニキッチン、グリルある？　いや、家で焼いてこようかな、すぐ近くだし……」

「僕は……あっ、タコ焼きなら焼くやつがうちにあるんで、作れますよ」

「アタシは一回家戻ろうかな～」

「それなら、俺、カルパッチョ作ります」

そう言ってひょいとサラミを摘《つ》まんだのは、橘だ。えっ……と千春は思わず意外そうな声を出してしまった。

「大丈夫ですよ、佐倉ちゃんも美味しいって言ってくれましたよ」

「……あのう」

先程から黙り込んでいた片倉が口を開いた。今日の口紅の色は深みのあるバーガンディで、僅《わず》かに紫がかったドレスとよく合っていた。

「タコザンギ……なら、たぶん、作れると思います」

いつもの落ち着いた雰囲気とは異なる、自信のなさが伝わってくる様子に、千春は心配になった。

「別に無理に作らなくても大丈夫ですよ？　うちで用意しますから」

「いいえ、皆さん何かしらお作りになるのに、言い出したわたくしが何もしないわけには……」

「うちでタコザンギ一緒に作ろうよ～」

若菜に誘われて、片倉はぱっと眉《まゆ》を開いた。

「よろしいんですか？　是非お願いしますわ」

「俺は公森さんちの台所借りてもいいですか？」

「勿論《もちろん》。道具だけはねえ、一通り揃っているんだよお」

公森はのんびりとした話し方だったが、早速立ち上がっている。千春は彼らを待たせ、慌てて厨房に駆け込んだ。

「ちょっとユウさん、イカとタコを……」

話しながらシンクまで行くと、ちょうどユウが作業中だった。そういえば明日の仕込みをしておくと言っていたが、何をしているのかと千春はひょいと手元を覗《のぞ》き込み――。

「あ」

声が出た。

顔を見ると、ユウは照れたような、ふてくされたような……口の辺りを歪《ゆが》めて、忌々《いまいま》しそうに見えるのに、それだけではない表情を浮かべていた。

「イカとタコがどうしたの？」

ユウに問われて、千春は、言いかけていた言葉を呑《の》み込んだ。たまにはサプライズがあってもいい。

「イカとタコの下ごしらえ、私があっちでしようかなって」

「ミニキッチンで？　狭いでしょう」

「いいのいいの。持っていくね～」

千春はそう断って、業務用冷蔵庫のそばに置いてあった発泡スチロールの箱を開けた。守田から分けてもらったのは、春から秋にかけて獲《と》れるスルメイカだ。今朝獲れたものらしいイカは艶々《つやつや》として、色は黒から赤褐色。タコは別容器に入っていて、こちらはミズダコだ。ミズダコは北海道では年中獲れる世界最大級のタコで、成長すると全長三メートルにもなる。脚だけでものすごく大きい。千春はイカを移し入れたボウルを小脇に抱え、発泡スチロールの箱ごとタコを休憩室まで運んだ。

「ここから使う分だけ持って行ってください」

わっと客たちは集まってきて、タコの大きさに感心したり、イカの鮮度に喜んだりして、それぞれ必要分を持って、一旦公森の家と若菜の家に分かれて出て行った。黒川は、作業はここですると言ったが、ひとまずタコ焼き器を取りに家に戻った。

その時、厨房から熊野が出てきて、アレッと声を上げた。たぶん、厨房から休憩室に来たら誰もいなくてびっくりしたのだろう。

「みんなは？」

「実は、それぞれお料理するって……後で完成したら戻ってきてくれるそうです」

「えっ、そりゃありがたいね……あれ？　でも、さっき……」

熊野が不思議そうな顔をして、千春の顔を指差した。先程、千春が下ごしらえをするからとイカとタコを持っていったことを言いたいのだろう。千春は頭を掻いた。

「いやあ……たまにはユウさんにサプライズもいいかなあと」

「ああ、なるほどね。まあ、ユウ君も素直じゃねえからなあ」

熊野はにやりと笑った。

「いいよ、俺もユウ君には黙っておこう。で、千春さんは今は暇なのかい？」

「え？　へへ、実はそうなんです。皆さん、すごく手際よく決めて、私は何もすることなくて……」

「じゃあ、俺、これからイカ刺し造るから、一緒にやってみるかい？」

「やります！」

新鮮なイカは甘みがあってこりこりとした歯触りもよい。口の中で味を想像してうっとりしていたら、熊野に変なものを見るような目で見られていた。

「あっ、なんでもないです……イカ刺し美味《おい》しいですよね……」

「まあ、鮮度のいいイカ刺しは美味《うま》いよな」

黒川がいたらよだれ出てますよくらいのことは言われそうだったが、熊野は黒川よりは優しいので、そう言って同意してくれた。


全員が再び揃った時には、鳩時計は十七時を指していた。いつもなら営業開始の時間だが、今日はお休みだ。

くま弁の狭い休憩室にはイカ料理とタコ料理の香りが溢《あふ》れ、ちゃぶ台の上には料理の皿に交じってタコ焼き器も置かれている。

「タコ焼き、まだ焼けてないじゃないですか」

皿にラップをしてカルパッチョを持ってきた橘が、驚いた様子でそう言った。

「いやあ、タコ焼き器を見つけるのに時間かかっちゃって……」

黒川は照れ笑いを浮かべ、生地を泡立て器でかき混ぜている。

「まあ、大丈夫ですよ。どうせ一度に全部は食べられないし、みんなのがほどほどなくなった頃に第二陣としてお出ししますから」

「あー、なるほど。理に適《かな》ってる……んですかね……？」

橘は、納得したようなしていないような感じだった。

「熊野さんのイカ刺しです。あと、お箸《はし》と取り皿……は置き場所ありますかね……？」

そろそろ置き場所がなくなりそう……と思ったものの、とりあえずイカ刺しの置き場は確保できた。まだ透明感のあるイカは、ところてんくらいの太さで綺麗《きれい》に揃えて紫蘇《しそ》の上に盛り付けられ、てっぺんには生姜《しょうが》がちょんと載せられている。

「おー、いいですねえ、日本酒が美味しく飲めそう！」

黒川が大はしゃぎだ。橘が心外そうにカルパッチョを見せびらかした。

「カルパッチョでワインって意気込んでたって聞きましたよ、黒川さん」

「うわ〜、悩むなあ。どっちからいただこうかなあ……」

黒川が贅沢《ぜいたく》な悩みに唸《うな》っている。

確かにカルパッチョも美味しそうだった。

薄く切ったタコの脚を綺麗に輪を描いて並べ、オリーブオイルと刻んだイタリアンパセリ、岩塩に粗挽《あらび》きこしょうをかけてある。シンプルな組み合わせだが、よく冷やした白ワインを飲みながらいただくと、きっと最高に美味しい。

「こちらもできたてですよ」

公森が大皿を覆っていたアルミホイルを外した。艶やかな褐色に輝くイカ焼きだ。熱々のイカ焼きを皿に盛ってホイルで覆ってきたので、まだ湯気が出ている。醬油《しょうゆ》とイカの焼けたいい匂いが湯気とともに立ち昇る。これは……ビールだ。

「熱いものから食べたいんで、私ビールにします！」

千春はそう宣言して、さっと冷蔵庫に向かった。

すると、ミニキッチンで何故かもじもじしていた片倉と出くわした。

「片倉さん？　どうしてこんなところで……」

片倉は、ホイルで覆った皿を抱えている。

「あっ……他人様《ひとさま》に自分の作った料理を食べていただくことが、あまりないので……」

「すっごく美味しそうにできたんだよ」

いつの間にか近寄ってきていた若菜が横からそう言った。片倉は恥ずかしそうに顔を赤らめた。

「若菜さんが手伝ってくださったので……とっても手際がよろしいんですよ」

若菜は褒められて照れた様子で微笑んだ。

「若菜ちゃんのイカ大根もすごく美味しそうだったね。味がよく染みてそう！」

イカ大根はすでにちゃぶ台に並べられている。イカと煮た大根は美味しそうな醬油の色に染まって、湯気を上げていた。大きな深皿がないからと、鍋《なべ》ごと持ってきて、ここで盛り付けてくれたのだ。若菜の料理の師である熊野も美味しそうだと感心していた。

「ほらほら、アタシのことはいいからさ。片倉さんは早く持って行こう」

照れた若菜に背中を押されて、片倉は皿を持っておずおずと進んだ。

千春と橘で皿の場所を移したりしてなんとか確保したスペースに、片倉がホイルを剝《は》がしたザンギの皿を置く。若菜の部屋にあった、綺麗なパステルグリーンのパスタ皿で、そこにタコのザンギが山盛りになっている。皿を置いた拍子に、てっぺんに盛り付けられていたザンギが一つ、ころころと山を転がり落ちた。

それを手でひょいと捕まえて、橘が大きな一口で食べてしまった。

「あっ、ずるい！」

黒川が子どものようなことを言う。

橘はカリカリに揚がったタコザンギを幸せそうに咀嚼《そしゃく》して、飲み込んだ。

「美味いっすね！」

思わぬタイミングで食べられて、片倉は目をまんまるく見開いていた。

だが、橘のあまりに素直な感想に、ほっとした様子で笑みを零《こぼ》す。

「そろそろユウ君呼ぼうか？」

熊野がそう言った時、厨房《ちゅうぼう》に通じる出入り口から、タイミングよくユウが姿を見せた。

「ああ、ちょうどいい時に」

「騒がしかったので……」

ユウは休憩室に集まった人々をちらりと一瞥《いちべつ》した。

「……気付いたら誰もいないので、皆さん、帰られたのかと思っていました」

どこか拗《す》ねた顔にも見える。公森がイカ焼きを見せて言った。

「一旦《いったん》帰って料理してきたんだよぉ」

「まあ、僕はタコ焼き器持ってきただけなんですけどね」

三角巾《さんかくきん》代わりにバンダナをした黒川が、タコ焼き器の中で焼けた生地をくるりと回転させていく。かなり上手《うま》い。橘が小さく拍手した。おそらく、すでに若干酔っている。

「いつも何かとごちそうになってばかりですから、今日はわたくしたちもお料理させていただきましたの」

「……なんかユウ君、こっちからもいい匂いするよ」

そう言って、若菜が厨房の方に顔を近づけふんふんと匂いを嗅《か》いだ。

「カレーだね」

そう。確かに、厨房からはスパイスの香りが漂っている。ユウは気まずそうに視線を泳がせている。頬が少々赤い。

「……皆さんの意見がまとまらないので、待つ間に手を動かしていました」

「それでカレーなの？」

黒川が不思議そうに首を傾げている。

「とにかく、その状態じゃ到底持ってこられませんよ。先にそっちをなんとかしましょう」

ユウの視線を追って、千春も彼の言わんとするところがわかった。

ちゃぶ台の上はもういっぱいで、人数分のカレーライスを置けそうにはない。

「上から座卓持ってこようか？」

「あ、いえ」

腰を上げかけた熊野と黒川を制して、ユウが言った。

「たぶん、別の方法でなんとかできます」

ユウは一旦厨房に戻った。

再び休憩室にやってきた時、彼は大きな使い捨ての皿を持っていた。オードブルセット用に仕切りがついた、一番大きい丸皿だ。

「あっ、これいいね！」

そう言って、黒川が焼けたばかりのタコ焼きをユウが持つ皿の手前のスペースにひょいひょいと入れていく。次いで、イカ焼き、イカ大根、タコザンギを空いている区画にそれぞれ入れる。冷たいものと温かいものは分けようとイカ刺しやタコのカルパッチョはそのままだが、混み合っていたちゃぶ台の上がすっきりしたし、大皿にはまだ一カ所余裕がある。

「じゃあ、空いたところに」

ユウがそう言って、厨房から持ってきた皿の中身を残ったスペースに盛り付けた。イカ飯だ。それを見た公森の声が弾んだ。

「わっ、作ってくれてたんだね！」

「……一応、皆さんからまだ意見が出ていないものをお作りしました。被《かぶ》らなくてよかったです」

ユウは淡々とそう言ったが、冷たいとかつっけんどんとかいうよりは、照れ隠しなのだろうというのが透けて見えた。

公森が懐かしそうに目を細めてふっくらとしたイカ飯を眺めている。

「イカ飯かあ、いいよねえ」

「あ、実は中身はご飯じゃないんです」

「ん？」

ユウはイカ飯を一つ皿に取って、箸で割って見せた。イカの中にみっちりと詰まっているのは、確かに餅米《もちごめ》でもうるち米でもない。

「じゃがいもだあ」

公森の言う通り、それはじゃがいもだった。潰《つぶ》したじゃがいもには煮汁とイカの味がたっぷり染みこんでいる。

「懐かしい！　実はね、祖母の得意料理で……畑のじゃがいもで作ってくれてたんだ」

黒川も興味深そうに覗《のぞ》き込んだ。

「へえ〜、イカ飯は食べたことありますけど、中身がじゃがいもなのは初めてですよ……あれ？　カレー……は？」

「飲む人が多いのかなと思ったので、食べたい人だけ取りに行く形式にしました」

そう言って、ユウが厨房の方を指した。千春は気になって厨房へ行って、それらしい鍋の蓋《ふた》を開けた。後ろには黒川もついてきて、一緒に、おおっと声を上げた。

鍋の中身はたっぷりのタコカレーだった。肉の代わりにタコが入っている。香りからするとどうやらいつものくま弁のカレーとはスパイスが違うらしい。くま弁のカレーは万人受けする昔ながらのカレーなのだが、これはもっと爽《さわ》やかな香りがする。

「いい香りですね。クミンと……コリアンダーかな」

「えーっ、気になりますね。もう装《よそ》っちゃおっと」

コリアンダーとはつまりパクチーだが、カレーに使っているのは乾燥させた種子の方で、フレッシュな葉とはまた風味が異なる。柑橘《かんきつ》系のような香りで、カレーのスパイスとしてもよく使われる。クミンも種子を使い、こちらも爽やかな風味だ。

いつもより赤味の強いカレーは、若干辛そうにも見える……黒川からレードルを受け取った千春は慎重に、豆皿にほんの一口だけ装ってみた。

「……ん」

ぺろ、と舌先で味見する。ぴりりとした辛さが舌先に来るが、たぶんなんとかなる……ご飯と一緒なら大丈夫そうだ。

「これ使ってください」

ユウがそう言って弁当の容器を差し出してきた。

「お弁当容器に入れるんですか……？」

千春が小首を傾げると、ユウは容器の一番広いスペースを指差した。普段、ご飯を入れる場所だ。

「ここにご飯とカレー、他のスペースにおかずを入れると、一枚皿で食べるより味が混ざりにくいですし、置き場所の節約になりますよ」

「なるほど……！」

確かに、カレーと他のおかずの味が混ざるのも嫌だし、かといって何枚も取り皿を使ってはちゃぶ台の上はあっという間に埋まってしまうだろう。

千春は早速カレーとご飯を弁当容器に装った。

スパイスの香りに食欲を誘われ、おなかはぐうぐうと鳴りっぱなしだ。

戻ろうとして、ふと振り返ると、橘たちも後ろにカレー待ちの列を作っていた。

びっくりした千春から、橘はレードルを受け取った。

「好きなだけ盛りたいんで、自分でやりますね！」

そう言うや、彼はすでに山盛りにしたご飯の脇に、どっさりとタコカレーを盛った。

ちなみに具材はタコがメインで、原形はほぼないが、トマトもたっぷり入っている。

結局全員がカレーを装い、ちゃぶ台周りに集まるのを待って、熊野の音頭で乾杯となった。

タコ自体はさっと煮ただけだが、香りのよいスパイシーなルウはタコとの相性もよく、橘は気に入ってお代わりしていた。

「千春さん、他にも美味《お》しいものあるんだから無理しないでね」

ユウが千春にそっと囁《ささや》く。千春はスパイス系のカレーが苦手なのだ。千春はぶんぶんと頭を振った。

「大丈夫、美味しいよ。香りはいいけど辛さはそうでもないから」

千春とユウの会話に、黒川が首を突っ込んできた。

「千春さんこっちも食べてください。ほら、まだ熱々ですよ」

黒川がタコ焼きを千春の容器へ幾つか入れた。千春が受け取る間に、片倉がそこにタコザンギを添えてくれる。すると突然、対面にいた若菜が、ハッとした顔で言った。

「バランスが悪いよ、千春さん」

「バランス？」

栄養のだろうか？

だが、みんな好き勝手にイカタコ料理を作ってしまったので、サラダなどはない。

「タコに偏ってるでしょ。アタシのも食べて」

若菜はそう言ってイカ大根を入れようとしてくる。

「溢《あふ》れるよ！」

「ユウさんも、ほら」

橘がそう言って、また別の料理をユウに押しつけてきた。イカ焼きとイカ飯だ。

「な、なんか凄《すご》いことになりますね……」

「お刺身盛れるかなあ」

公森までそう言って、刺身とカルパッチョの皿を手にユウの方を窺《うかが》っている。

みんな、ユウに食べてほしいのだ。

「あの……皆さん、ありがとうございます」

ユウは照れた様子で頭を下げる。その間に、黒川が公森の持つ皿から刺身とカルパッチョをユウの容器に盛った。

「こちらこそ、いつもありがとう」

黒川が満面の笑みでそう言うと、ユウは一瞬口元に力を入れたが、結局堪《こら》え切れなかったのか、顔をくしゃくしゃにして笑った。

「溢れちゃう前にいただきますね」

そう言って、千春は最初にタコ焼きに齧《かぶ》りついた。熱々のタコ焼きはさすがに一口で食べると火傷《やけど》しそうなほどだ。隣で同じくタコ焼きを食べたユウは、熱さで涙目になっている。熱さにもだえるユウを、黒川は心配そうに見つめて、声をかけた。

「どう？　美味しい？」

ユウの肩が震え出した。ようやくタコ焼きを飲み込んだかと思うと、声を上げて笑った。

「ちょ……ちょっと黒川さん、それは酷《ひど》いですよ、こっちは火傷するかと思ったのに……」

「えっ、あっ、そっか。大丈夫？」

「大丈夫です」

ユウは笑ったせいか、熱さのせいか、眦《まなじり》に滲《にじ》んだ涙を拭《ぬぐ》って、黒川を見た。

「美味しいですよ。作ってもらえて、嬉《うれ》しいです」

黒川だけではなく、固唾《かたず》を呑《の》んで見守っていた片倉や公森も、ほっとした様子だ。

「次、次はイカ焼き食べてください」

「あのう、お口に合うかわからないのですが、タコザンギも……」

それを見て千春が笑っていると、若菜も千春をじっと見つめていることに気付いた。千春さんも食べてね、と彼女は声には出さずに口を動かした。

言われるままに食べたイカ大根の大根は、口に入れた途端にイカの味と香りが濃厚に香って、口の中で柔らかく崩れていった。


イカ飯のイカは柔らかく、ほこほことしたじゃがいもにはよく味が染みていた。イカ焼きは少し焦げたたれが香ばしく、タコのカルパッチョはシンプルな味付けながら薄く切ったタコにオイルがよく絡んで美味しい。タコザンギはしっかり目の醬油《しょうゆ》味でカリッと揚がって中はふんわり。

「タコもイカも、どっちも美味しい……」

並んだ料理を一通り食べた千春は目を閉じてそう言った。眉間《みけん》には皺《しわ》ができている。

「どうしたの、難しい顔して」

若菜に言われて、千春は眉間の皺をもみほぐした。

「皆さん、どっちが美味しいとか競っていたでしょ。でも、それぞれ風味も食感も違っていて、難しいなって」

若菜がイカ焼きに手を伸ばしながら頷《うなず》いた。

「わかるー。なんかぐにゃぐにゃして墨を吐いて……あと脚がいっぱいあっていうのは同じだけどね」

「食べると違うんだよね」

千春は熊野のイカ刺しをひとすくい食べた。タコは、吸盤のところのこりこりとした食感と脚の柔らかな部分との組み合わせが美味しい。イカもこりこりしているが、ねっとりとした食感もある。当然味も違っているから、たとえば薬味も、イカは生姜《しょうが》でもわさびでも美味しいが、タコはわさびが合う。

ミズダコは、北海道なら稚内《わっかない》や根室《ねむろ》、江差《えさし》辺りが有名だ。スルメイカは、道南の他、釧路《くしろ》や小樽などでもよく獲《と》れる。たこしゃぶやイカ飯など、産地で親しまれる料理も美味しい。

「アタシたちもユウ君に自分の好きなやつを作ってほしくて順位付けしようとしたけどさ、食べたら結局全部美味しいし、それぞれ好きな方向性も違うんだから、無茶な話だよね……」

「まあ、順位付けは揉《も》めますよね」

そう言うユウの容器は、どこか空くたびに黒川が横からひょいひょいと料理を詰め込んでいくので、どれだけ食べても常に料理が入り続けている。

「それぞれの美味しい食べ方がちゃんとあるんだもんね。イカ飯もタコ飯もあるけど、別物だし、タコ焼きとイカ焼きも違うし」

「確かに。刺身で食べるにしても、切り方も違いますもんね」

イカ刺しをつまみに日本酒を飲んでいた橘がそう言い、公森も頷いた。

「こんなふうに色々料理を並べられるのも、人がたくさん集まった時の利点ですよねえ。色んなもの食べられて、みんなで作って労力も減って」

「いいことだらけじゃないですか」

千春がそう言うと、ユウが隣で笑った。

厨房《ちゅうぼう》では元気がなかったし、料理がなかなか決まらなかった時は拗《す》ねたような顔をしていたのに、今はすっかりリラックスして、みんなと食卓を囲めるのが嬉しそうだ。

「ユウ君、癒《い》やされた？」

黒川がユウにそう言うのが聞こえてきた。黒川がユウの背中を叩《たた》くので、ユウは鬱陶《うっとう》しそうに黒川を睨《にら》みつける。

「なんですか、癒やされたって」

「だってなんかとげとげしてたから……」

「あれはなかなか決まらなくて呆《あき》れていただけですけど」

料理が決まらなくて、ユウが厨房に籠《こ》もった時のことだろう。あの時の黒川たちに対しては、ユウだけではなく千春も熊野もかなり呆れていた。

呆れていたのも事実だろうと思う。

だが、たぶん黒川は、なんとなくユウの様子が違うのを察していたのだろう。

「何ユウ君に絡んでるんですか？」

公森が心配そうに声をかけてきた。

「絡むって……僕はただ、ユウ君に、僕らだって立派に料理できるってことを言いたかったんですよ」

「絡み酒じゃないですか……」

公森は、酔っ払いを見るような呆れた目をしている。いやっ、と黒川は必死に否定した。

「本当に違うんですよ、僕はちょっといい話をしようとしていて……」

「絡み酒です」

ユウがきっぱりと言った。

「ユウ君！　そうじゃなくてね、僕はユウ君が力を抜いて……ほらっ、疲れてる時くらい、僕らを頼ってみたらっていうね……」

「結構説教臭いこと言うんですね、黒川さんって」

意外だな～と橘が苦笑のようなものを口元に浮かべて言った。

「酷くない!?」

黒川と橘と公森はわあわあ言い合い、それを見て若菜はげらげらと腹を抱えて笑っている。気付くと片倉がそばに来ていた。

片倉もワインを飲んで、いつもより血色がいいように見えた。

「大上さんは、何かお悩み事がおありなのでしょうか」

ゆったりとした口調でそう言って、ベールの下で神秘的な笑みを浮かべる。引き込まれるような魅力があって、千春も一瞬見とれてしまった。

ユウが何か答える前に、片倉は小さく頷いた。

「そうですね、もう半分くらいは答えが出たようですね」

「えっ……」

ユウは戸惑った声を上げたものの、瞬《まばた》きを何度かして、自分の中を覗《のぞ》き込むように考え込み――彼もまた、頷いた。

「そうかもしれません」

ユウは、手にした弁当容器を見つめて言った。そこにはタコザンギ、タコ焼き、イカ焼き等、黒川たちが作った料理がこんもりと盛られている。タコとイカのスペシャル弁当とでも名付けたくなるような、めちゃくちゃだが、これ以上ないくらい素敵な弁当だった。

「今日のお弁当のおかげです」

ユウがそう言うのを聞いて、片倉は満面の笑みを浮かべた。

「そう言っていただけるのは、とっても嬉しいことですね」

片倉はそれから千春と目を合わせて、またにっこりと笑った。

「？」

よくわからなかったが、千春もつられて笑みを返した。

片倉が元の席に戻ってから、千春はユウの様子を見た。ユウは黒川と橋が日本酒とワインについて語り合っているのを、楽しそうに眺めている。

「ユウさん、楽しそう」

千春はユウにこっそりそう言った。

ユウは千春を見て、柔らかな笑みを浮かべた。

「うん。肩の力が抜けたっていうか……料理を作るのは好きだけど、こういうのも、ほっとする」

「んふふ、そうだよね」

タコザンギは生姜とニンニクが効いた醤油ベースの味付けで、中はまだ熱い。それをビールで流し込む。

「あ、ビール持ってくるね。厨房の冷蔵庫にもあるから」

千春はそう言って立ち上がった。それを見て、ユウも手伝おうとついてきてくれた。

厨房に入ると、ユウが声をかけてきた。

「さっきの話なんだけど、今いいかな」

「ん？　さっきの？」

冷蔵庫に手をかけて聞き返す千春に、宅配のこと、とユウは言った。

「ああ、私が担当するよって話？」

「うん。さっきは断ったけど、やっぱり、宅配のことは千春さんに色々調べてもらったりしてもいいかな？　大変だとは思うんだけど……」

「勿論《もちろん》いいよ！　でも、どうしたの？　何か考え変わった？」

「うん……タコとイカ、美味《おい》しかったから……」

「美味しかったから……？」

千春は思わず首を傾げる。

「さっき断ったのは、千春さんにあんまり負担かけたくなかったからなんだけど、あの……てきぱきやって、格好いいところを見せたいって欲もあって……」

格好いいところを見せたい……!?　ユウの口から出た言葉に、千春は悪いと思いつつもにやにやが抑えられなくなった。

「……千春さん、顔」

「ええ～、だって可愛いところあるなあって」

ユウは咳払《せきばら》いした。頰が赤い。

「とにかく、今日の料理も、僕がやるのが当たり前だと思っていたけど、実際ちょっと疲れも感じていて……だから、こうやって作ってもらえてありがたかったし、正直、ほっとした。タコもイカもそれぞれの料理法でちゃんと美味しくて、なんだか、自分一人で頑張ろうって考え過ぎだったかなって思ったんだ」

「まあ、ユウさんは何回言っても抱え込みがちなところがあるからね」

「う……ごめん」

片倉が言っていたユウの『悩み』は、きっとバンや宅配のことだ。みんなが作ってくれた料理のおかげで、こうして千春を頼ろうと思うようになってくれたのだ。

「あ、黒川さんが言いたかったのもこういうことかな……疲れてる時くらい頼ったら……みたいなこと言ってたもんね」

「そうだね。橘さんにはうざがられてたけど……」

さすがにちょっと可哀想だ。黒川にも、冷えたビールを持っていこう。感謝の気持ちを込めて。

千春は左右の手にビールを一本ずつ取って、ユウに渡した。ユウが二本、千春が二本持って、冷蔵庫のドアを閉める。

「でも、そう言ってもらえて嬉《うれ》しい。じゃあ、数字を出す必要のあるところは調べておくね」

「うん。それを元に、二人で相談しよう。そうじゃないと、なかなか話し合いも始められないから。よろしくお願いします、千春さん」

「了解！」

「あと……」

戻ろうとした千春は、ユウが動かないので足を止めて、彼を見上げた。ユウは、どこか恥ずかしそうに、言葉を選んでいる。

「えっと……増毛は甘エビも美味しくて……」

「うん！　いいよねえ、甘エビも」

話題にしたせいで、増毛の甘エビがふと口の中に蘇《よみがえ》った。とろけるような食感に、名前の通りの甘みを感じる味わい……。

「僕が案内するから、今度一緒に行こう」

えっ、と千春は驚いて声を上げた。

「いやあ、それはいいよ。私に付き合わせて、短期間に二回も行かせるのは悪いもん。私が一人で行ってもいいしさ」

「え？　いや……」

ユウは困ったような顔だ。

「千春さんと一緒に行ったら、また違って面白そうだなって思ったんだよ」

「……そ、そう？」

「まあ、勿論、一人で行きたいなら別だけど……一人旅もいいものだと思うし」

「……もしかして、寂しかった？」

「……えっとね」

ユウは微笑んでいたが、視線が少し泳いでいる。気まずそうに見えた。

「守田様たちにお会いした時にね」

「うん」

「バッテリーのジャンピングスタートの時も、役割分担していて、手際よくて……さりげなくサポートし合っていて……素敵だなあって思ったんだ。二人で黄金岬に来ていてね。同じものを見ても感想が違うって笑っていて……いいなあって」

ビールはよく冷えて、触れた指と掌《てのひら》がじんじんしてきたが、そんなものは全然気にならなかった。なかなかこちらを見ないユウの顔を覗き込む。

「羨《うらや》ましくなっちゃった？」

「というよりは……単純に、千春さんを思い出した。不思議だよね、綺麗《きれい》なものを見たら、千春さんにも見てほしいなあと思うし、美味しいものを食べたら、千春さんにも食べてほしいなあって思う」

ユウはようやく千春を見て、ふにゃりと眉《まゆ》を下げて微笑んだ。

「僕の方が寂しがり屋だったね」

突然千春は胸が苦しくなった。ユウは優しく、穏やかで、そして、こういうところがあったのだ……。

「う……うわーっ」

千春は思わず叫んでユウの身体に突進した。頭で肩の辺りにぶつかって、そのままぐりぐりと頭を擦《こす》りつける。

「えっ、何……」

「両手にビール持ってて抱きしめられないから……」

「ええ……？」

ユウは呆《あき》れたような声を上げたが、笑いとも溜息《ためいき》ともつかないものを漏らし、ビールを持ったままの両腕を大きく広げ、千春を抱きしめた。

「ハグくらいできるよ」

「……うん」

千春は照れて、今度は顔を上げられなくなって彼の胸に顔を押しつけた。

「ユウさんは、最近ちゃんと言葉にできてて偉いよ。寂しいって……」

「僕、褒められてる？」

「褒めてるよ。ユウさんは、結構我慢するから……一人旅も好きだけど、私もそろそろユウさんとも旅行したい」

ユウは身体を離して、千春の顔を覗《のぞ》き込んだ。少し照れ臭かったが、目を合わせると、ユウはほっとした様子だった。

「また行こう。いつかは守田さんたちみたいなのも、行きたいし」

千春がそう言うと、ユウは目を細め、幸せそうにうんと頷《うなず》いた。

その時、千春の頭を、過去に守田が妻から浮気を疑われていたことが過《よぎ》った。

「あっ、でも、守田さんちはキャンピングカーを買うにあたって相談しなかったせいで大変な騒動になったからね、お互いそういうことはないようにしよう……」

「相談するよ、車を買うなら！」

びっくりした顔でユウが言った。

守田夫婦も色々あったのだ。

それでも、今は夫婦での旅行を楽しんでいる。

千春も、自分たちなりの道を一緒に歩いていけたらいいなと思う。

おじいちゃん、おばあちゃんになっても。

「あ、ビール冷たいうちに持って行かないと」

ユウと千春は、わいわいと賑《にぎ》やかな休憩室の戸口にさしかかった。人が集まっているせいで部屋は少し室温が高く、イカと、タコと、スパイスと醬油《しょうゆ》の匂いが入り混じり、なんだか一つの鍋《なべ》の中に入っていくような心地がした。

❄

結局、バンは無事に戻ってきた。交換修理でそれなりの金額は飛んだが、千春とユウはバンを使って宅配することに決めた。

その他の、バイトの条件や宅配時間や宅配地域については、千春の調べに基づいて二人で相談し、イカタコパーティーからしばらく経った頃、ついにバイト募集のポスターを店頭に貼った。

その頃には、札幌の街路樹もすっかり紅葉し、初雪の気配も近づいていた。

しかし、宅配はすんなりとは始められなかった。

•第四話• 冬の怪談と北海道巡り弁当

駅前にイルミネーションが輝く頃になると、根雪も近い。

はらはらと降り、積もってはとけてゆく雪は、そのうちにどっとまとまって降り、それはいつしかとけずに残って春までの根雪となる。

だが、気温が高くなれば雨が降ることもある。

昨日まで積もっていた雪もこれでとけてしまうだろう。店番に立つ千春は自動ドアの向こうを眺め、明日の足元の状態を心配した。シャーベット状にとけた雪がまた凍り付くと、それは歩きにくい道ができあがるのだ。

「……ん？」

雨だとやはり客足は遠のく。まだ十九時半を回ったところだったが、今日は外も人通りが少ない。

自動ドア越しにコートが見えたと思った次の瞬間、自動ドアが開いた。

「はあっ、はあっ……」

息を切らして店に飛び込んできたのは、三十前後の女性だ。ここ一年ほど通ってくれている常連客で、普段はもっと遅い時間に来るのだが、今日はかなり早い方だ。ダブルのオーバーコートから水を滴らせている。綺麗《きれい》なピンク色のコートは、濡《ぬ》れてもっと濃い色に見えた。傘はなく、長い髪も雨で濡れている。

彼女、梨之木《なしのき》は、千春を見て恥ずかしそうに笑った。

「ははっ、はあ、運動、不足で……」

「びしょ濡れじゃないですか。大丈夫ですか？」

千春は新しいタオルを持って梨之木のところへ駆け寄り、遠慮する彼女にタオルを使わせて、コートをハンガーにかけて干した。

ようやく呼吸が整って、梨之木は咳払《せきばら》いをして礼を言った。

「ありがとうございます。すみません、何から何まで……あ、カツ丼弁当まだありますか？　大盛りで一つお願いします」

「承知しました。ここ、一番暖かいのでどうぞ」

千春はストーブの目の前の椅子を勧めて、厨房《ちゅうぼう》に戻った。

梨之木が大盛りとは珍しいなと思いながら、丁寧に衣をつけたトンカツを揚げていく。ちょうどそこにユウが戻ってきた。ちょっとお客さんに落とし物を届けに行っていたのだ。さらにまた新たな客が訪れ、千春も急に忙しくなる。

新たな客の方は二十歳そこそこくらいの若い男性で、こちらも常連で錦《にしき》という。手作りがんもどきと焼き鮭の弁当を予約していた錦は、ユウと世間話をしていたが、声も身振りも大きかった。

「すっげえ綺麗でしたよ！　赤い絨毯《じゅうたん》みたいで……」

錦は、サンゴ草とも呼ばれる、アッケシソウの群生地に行った時のことを話していた。アッケシソウは道東の湿地に何ヵ所か群生地があり、錦は網走《あばしり》の能取湖《のとろこ》に見に行ったそうだ。耐塩性の強い一年草で、緑の茎や枝が秋になると紅葉して、一帯が赤く染まるという。千春も見たことはないが、錦の話しぶりが面白くて、興味を引かれた。

「ほら、これ写真」

錦にカウンター越しにスマートフォンの写真を見せられて、ユウと千春は目を上げて画面を覗《のぞ》き込む。

綺麗ですねえ、とユウはにこにこ笑う。

写真の端から端まで、ずっとアッケシソウが広がっている。鮮やかな紅色というか、もう少し紫がかったような、不思議な色だ。綺麗だなあと千春も思ったが、同時に色の表現の難しさも感じた。

「赤……といえば赤なんですけど、不思議な色ですねえ」

「これは赤でいいんじゃないですか？」

錦はあっけらかんとそう言ったが、赤とも、紅とも、そこに少し紫が入ったような……ともとれる、微妙な色合いなのだ。どちらにせよ、それが湿地に一面に広がっているのは見事としか言いようがない。

錦が注文したがんもどきと焼き鮭はもう完成していたから、詰めるだけだった。ひじきとぎんなんが入ったがんもどきは、中はふわふわ、外はからりと揚げられ、醤油《しょうゆ》を添えて詰められる。あとは焼き鮭、玉子焼き、縮みほうれん草のゴマ和《あ》えにきんぴら……という深夜帯に人気のヘルシー系和風弁当だ。

いいな、がんもどき……と千春は思いながらも、弁当を袋に入れ、箸《はし》を添えて差し出した。会計を終えて錦が店を出ていく。

「いいなあ、旅行……」

はあ、と溜息《ためいき》まじりでそう言ったのは、梨之木だった。揚げたてのカツを、ざく、ざく、と包丁で切っていた千春は、ふと目を上げた。

千春が反応したことに気付いた梨之木が、あっと口を手で覆った。

「あ、声に出ちゃって……」

「旅行、いいですよねえ。私も行きたいです」

「はは……」

梨之木が困ったように笑った。

「実は私も観光情報だけは漁《あさ》ってるんですけど……週末はつい寝て過ごしちゃって」

「お忙しいんですねえ」

ユウがトンカツを卵でとじる。千春はご飯を容器によそって彼に渡した。

「おまけに今日は雨に降られるし、買った傘を盗まれるし、行きたかったケーキ屋さんは臨時休業だし……」

梨之木は溜息をついた。自分の不運に呆《あき》れているみたいな口調だった。

「だから、今日は自分の欲望に忠実にカツ丼大盛り頼んじゃいました」

「いいですよね～、カツ丼大盛り！　是非温かいうちに召し上がってくださいね」

梨之木の気持ちは千春もわかる。揚げたてカツにとろりと卵を纏《まと》わせて、つゆの染みたご飯とともにかき込むカツ丼は、それだけで元気が出そうだし、その上大盛りだ。大盛りならば、あ、食べ終わっちゃった……という寂しさのその先へ到達できるのだ。

「お待たせしました」

会計を終えた梨之木はコートを着ようとしている。

千春は遠慮する梨之木に店用の置き傘を持たせて、見送った。

「千春さん、僕そろそろコロッケ弁当の用意しておくね」

ユウの言葉で思い出したが、コロッケ弁当の予約が入っているのだ。千春は了解、と応えて、厨房に戻り——ぐう、とおなかを鳴らしてしまった。

開店前に夕食は摂《と》っているのだが、長時間店に立っていると、どうしてもおなかが減る……がんもどきも大盛りカツ丼も美味《おい》しそうだった。

「休憩入っていいよ。桂《かつら》君が昨日焼き菓子持ってきてくれてたでしょ」

ユウは何故だか嬉《うれ》しそうだ。千春がおなかを減らしているのが嬉しい……いや、自分の作ったものを千春が食べたがっているのが嬉しいのだろう。

「……じゃあ、お言葉に甘えて。お客さん来たら戻るね」

了解、とユウが笑みを含んだ声で返した。

もうすぐ師走《しわす》、という頃だった。

一週間ほど前にがんもどき入りの弁当を買っていった錦が、友人らしき同年代の男性と話しながら店に入ってきた。

「おい、ヒサキ、大丈夫か？」

錦の後から入ってきた男性は、がたがたと震えているようだ。どうしたのかと千春は驚いて声をかけた。

「寒いですか？　ストーブの温度上げましょうか？」

「あっ、ちがっ、違います……あの、すみません。違うんです」

「そうですか……」

ヒサキと呼ばれた男性は、青ざめた顔で壁際の椅子に座った。

錦がその隣にどさりと腰を下ろす。

「どうしたんだよ、急に……具合悪いとかじゃねえよな？」

「いやっ、そういうのじゃない。なんでもないっ」

そう言いながらも、ヒサキは落ち着かない様子で貧乏揺すりをしている。

ヒサキも二十歳そこそこで錦と同年代、錦がアースカラーのアウトドア系ファッションを好むのに対して、ヒサキは派手なオレンジ色のダウンを着て絵の具をぶちまけたような模様のグレーのデニムを穿《は》いている。

ちら……とヒサキが目を上げて、自動ドア越しに外を窺《うかが》った。

だが、結局すぐに視線を外して顔を手で覆ってしまう。

「どうしたんだよ」

「いやっ……その……っ」

ヒサキはなおも言いよどみ、今度はその目をちらっと千春に向けた。

私？　と千春は訊《き》きそうになるが、自分がいると話しにくいのかと判断し、特に用もないが揚げ物を揚げるフライヤーの方へ移動する。

その間に、ヒサキは錦にごにょごにょと耳打ちしたようだ——。

「えっ、幽霊⁉」

錦の大きな声が聞こえてきた。幽霊？　と今度こそ千春は口に出して、錦たちの方を振り返った。ヒサキが青ざめた顔で錦と千春の顔を見ている。

「幽霊が出たって？　この辺で？」

「うわっ、大きな声出さないで……」

どうやらヒサキは、幽霊が近所に出たと噂されたら千春が嫌な気分になる……と考えて声を潜めていたらしい。錦は全然気付かなかったようだが。

「あ、私のことは気になさらないでください……」

千春は一応そう声をかけた。気にしないでほしいというか、むしろ千春の方が気になるのだが。怪談なんて、久しぶりだ。

ヒサキは、千春を見やって、申し訳なさそうに頭を下げてから、小さな、掠《かす》れる声を絞り出した。

「……実は俺、見たんだ。幽霊を……」

ヒサキのただならぬ様子に、錦は、えっと声を上げた後は何も言えなくなってしまった。

千春は急に外の風の音が気になり出した。寒いような気がして、袖《そで》をまくっていた二の腕をそっと撫《な》でる。鳥肌が立っていた。

錦が、ヒサキの貧乏揺すりが移ったかのように、足を不機嫌に揺らして言った。

「おまえその手の話好きだよなあ……」

「でもよ、今回は俺も調べたけど、あそこの建物は前から噂あったし、その前も火事でずっと人が住んでなくってさ……」

その時、びゅっと強い風が吹き込んできた。自動ドアが開いたのだ。びくっとしてその場の全員がドアの方を見る。ユウが頭の雪を払って店に戻ってきた。

「いらっしゃいませ……どうかされましたか？」

全員が自分をまじまじと見て息を殺しているので、ユウもさすがに不思議に思ったらしく首を傾げてそう尋ねた。

「あ、すんません。こいつが、その……思い詰めちゃって。なんか、気分が晴れるような弁当ってありますかね？　注文弁当じゃなくて、今日の日替わりの中から……」

そう言われて、千春はまだ自分が注文をとっていなかったことを思い出した。

先週の梨之木の注文を思い出して、提案してみる。

「カツ丼弁当大盛りはいかがですか？　揚げたてのカツを卵でとじて丼にしています。卵はふわふわでご飯にもつゆが染みこんで……」

「あ、それお願いします」

ヒサキがさっと手を挙げて注文し、錦の方も、俺も大盛り、と注文した。

「かしこまりました。カツ丼弁当大盛りお二つですね」

ヒサキと錦の注文を受けて、ユウも厨房《ちゅうぼう》に戻って準備に取りかかる。千春もカツを揚げながら、ちらりとヒサキたちの様子を窺った。彼らは千春たちを気にして声を潜めてぼそぼそと話していたが、どうやら先程の幽霊話の続きをしているらしい。

（幽霊なんて……）

そんなの別にたいして信じていないつもりだ。ホラー映画を観た後しばらくはシャンプー中に背後を警戒したり、夜中にトイレへ行くのが億劫《おっくう》になったりはするが……。別に信じているとかそういうのとは別で……。

「千春さん？」

ユウに声をかけられて、千春は大きく肩を揺らした。不審そうなユウに、ごまかすような笑みを見せて、千春はカツを、ざく、ざく、と音を立てて切った。

食べ物の音を聴くと安心する。揚げたてのカツが立てる微《かす》かな音、親子丼鍋《なべ》の中で出汁《だし》が立てる音。今夜は風の音とか、車のクラクションの音とかがやけに大きく聞こえて、そのたびになんだかびくびくしてしまうから、千春はできるだけ食べ物の音に意識を集中した。

美味しそうな音を聴いていると、心が穏やかになっていった。

千春はいつの間にか大きな溜息《ためいき》をついていた。

錦がヒサキを伴って来店した、三日後だ。

勿論《もちろん》客がいる前で溜息をつくような暇はない。前の客を送り出して、新しい客が来るまでの間のことだ。

時刻は二十一時を過ぎている。

「あ～あ……」

千春はもう一度溜息をついた。

ここ数日は、ついていない。

車が跳ねた水溜《みずた》まりの水を頭から浴びたり。

店の黒板が壊れたり。

そして、今日、最悪の事態が起こった。

九月にオルタネーターを交換・修理し、一度は快適に動いていた業務用のバンが、急に動かなくなったのだ。

再び修理に持ち込んだが、ウォーターポンプの故障でエンジンがオーバーヒートしていたらしく、ウォーターポンプとエンジンの交換が必要と言われた。このバンに愛着はあるし修理して使い続けてきたが、走行距離からしても、ここで直してもまたすぐにどこかが壊れるかもしれない。実際、二、三ヶ月前に修理をしたばかりだったのに、今度は別の場所が壊れたのだ。

さすがに今回は、廃車にすることにした。

大きな白いバンはくま弁のロゴ入りで、古いもののよく頑張って働いてくれていた。

千春もユウも、このバンで宅配を始めようと思っていた。

それが、一旦《いったん》全部白紙だ。

ちょうどいい中古車なんてすぐには見つからない。新車は高い。

だから、宅配開始の目処《めど》は立っていない。

「呪われてるみたいだよ……」

客もいなくて気が抜けているのか、思わずそう声に出していた。

口にして、失敗したと思った。呪いなんて、安易に口にするものじゃない……いや、この考え方っていわゆる言霊信仰かな？

「大丈夫？」

ユウが心配して声をかけてくれた。

「あ、うん、えへへ……」

千春は笑ってごまかした。

廃車についてはユウもショックのはずだが、宅配についての事務的なことは千春が主に担当していたからか、ユウはこの件では特に千春を気遣ってくれる。

その時、自動ドアが開いた。

「！　いらっしゃいませ！」

店に入ってきたのは、比較的小柄な若い男性だ。近所のパティスリー・ミツで働く、桂だ。今日はいつもより遅めだった。

「……ども」

桂はそう言って、ちょっと頭を下げた。

桂は眦《まなじり》をつり上げて腕を組み、珍しく全身で穏やかならざる感情を表現していた。ぶすっとむくれた様子の彼は、中華弁当を二つ注文してからその姿勢を崩さず突っ立っている。

桂は、二年ほど前までくま弁で働いていたから、千春とも知り合いだ。

「何かあったの……？」

桂はあまり感情を表に出す人間ではない。淡々として、いつも温度が変わらない感じの人だ。問われた桂は吐き捨てるように言った。

「不審者が出たんです」

「えっ、不審者って、どういう感じの不審者？」

「店の近くをうろつくんですけど、客じゃないみたいで、だいたい閉店後に来てスマホで店の写真を撮っていくんです」

それは確かに不審者だが、何が目的なのかわからない。もっとわかりやすい不審者を想像していた千春は小首を傾げた。

桂はそれまでよりも、少し声を落として続けた。

「俺、あれは強盗の下見だと思うんですよ」

「ひえっ……」

千春は悲鳴を上げそうになって、口を押さえた。

確かに店の写真を撮っているというのは怪しい。強盗なら、侵入場所をチェックしているのかもしれない。たとえばどんな鍵《かぎ》を使っているかとか、警報装置があるかとか――。

「まあ、って言っても何か証拠があるわけじゃないんで、今度待ち構えて話を聞いてみようと思うんですよね」

「ええっ!?」

千春の声に、ユウの声も重なった。ユウも驚愕《きょうがく》の表情を浮かべて、上擦った声で言った。

「ちょ……それは危ないよ」

「大丈夫ですよ。相手は一人で、こっちは榎木《えのき》さんと俺、二人いるし」

「でも……それ、今度っていつ待ち構えるの？」

「えっ？　ああ、今日来るかなって待ち構えていたんですけど、来なかったからご飯買いに来たんです。もうちょっと様子見ますけど、今日はもう来ないかなあ……いつも閉店後すぐくらいに来るんですよね」

「明日《あした》だったら僕も行けるから、明日にしない？　一人でも多い方がいいよ、きっと」

「はあ、まあ……」

千春もそうだが、ユウも桂が心配らしい。桂はちらりと目を逸《そ》らし、うーんと唸《うな》って答えた。

「……わかりました。ご迷惑おかけするのは申し訳ないですけど、明日待ち構えてみましょう。来るかはわかりませんけど……」

「明日だね。とにかく無理はしないで、何かちょっとでもおかしなことがあったら通報しよう」

桂は少々不満そうだったが、はい、と素直に頷《うなず》いた。

千春はほっとして、我に返った。

「あっ、注文……えーと……」

「……中華弁当二つ」

回鍋肉《ホイコーロー》と餃子《ギョーザ》の弁当だ。千春が餃子を受け持ち、ユウが回鍋肉を受け持った。餃子の鍋に水を入れた時のじゅっ、ぱちぱちという音を聴いて、千春は気持ちを落ち着かせようとした。食べ物の音は偉大だ。除霊にも精神衛生にもきっといい。

餃子の匂いが水蒸気とともに漂い始める中で、千春はひたすら音に耳を澄ませていた。

❄

二十時のパティスリー・ミツは静まり返っていた。

カーテンは下りて電気は消され、人の気配もない。

だが、店の駐輪場には桂が隠れている。寒さに耐えて待つために、今日は上下ともスノーボード用のウェアだ。桂の私物なのでかなり色が派手だが、通りからは見えないと自信ありげに言っていた。

ユウは、店長でオーナーの榎木とともに店内ですぐに出られるよう待機している。

榎木は、ヤナギのようなほっそりとした身体の男性だ。店を閉めたばかりのためコックコート姿で、その上からダウンコートを着ている。気合いが入った様子の桂とは打って変わって、どこかのほほんとして薄笑いを浮かべ、緊張感がない。

店の奥では万が一に備えて千春がスマートフォンを手に待機している。何かあった場合に通報する役目だ。

千春はちらっとスマートフォンの時計を確認した。まだ二十時を五分過ぎたばかりだ。もっとずっと長く時間が経っている気がしていたから驚いた。

どきどきと胸の中で心臓が激しく音を立てている。やっぱり怖いな……と思う。もしかしたら趣味で写真を撮っているだけの人かも……というようなことを榎木が言っていたので、今のところは通報もしていない。千春もユウも榎木の主張を支持しているわけではないが、かといって桂が主張する強盗説は、何度も来るというのがおかしい気がするし……。正直よくわからない。

そして、わからないことはやはり恐ろしいのだ。

千春は深呼吸をした。

その時、人の叫び声が聞こえた。夜の闇を切り裂くような、心底からぞっとするような声だ。ユウと榎木は立ち上がって扉から外に出た。千春は震えながらもスマートフォンで一一〇番をする準備をした。

千春の目に最初に見えたのは、立ち尽くす桂だった。

とりあえず彼は無事らしい。悲鳴を上げていたのも桂ではない。千春は一瞬ほっとしたが、それでは今も響くこの声は……？

ユウと榎木の間から、千春も外の様子を窺《うかが》った。

桂の前には、尻餅《しりもち》をついて悲鳴を上げる男性二人がいた。

二人とも、帽子を被《かぶ》ったり、ダウンジャケットを着たりして、暖かそうな格好をしている。彼らの顔に、千春は覚えがあった。

錦様、とユウが呟《つぶや》いた。

「……と、ヒサキ様……でしたっけ？」

直接教えられたわけではないので名前は怪しいが、会ったのは先週だから、千春も顔は覚えている。アースカラーのアウトドア系ファッションを着ているのが錦で、ド派手なオレンジ色のダウンジャケットを着ているのがヒサキだ。

「なんで……？」

千春が呟くと、ヒサキも錦もその声が聞こえたのか、叫んだり泣いたりするのを止《や》めて、顔を上げた。

それから、千春たちと、特に桂の様子をじっくりと見て、同じく、

「なんで……？」

と呟いた。

「え～と」

榎木がぼりぼりと頭を掻《か》いて言った。

「とりあえず、中に入って話しませんか？」

見上げると、空からは、白い雪のような、霙《みぞれ》のようなものが降ってきていた。

❄

パティスリー・ミツには、狭いながらテーブルが二つだけのイートインスペースがある。椅子は全員分あったので、店の電気を点《つ》け、そこにヒサキと錦も座ってもらった。

「で、なんで俺のこと見て悲鳴上げたの？」

桂は錦たちの正面に陣取って、不機嫌そうに腕を組んで椅子に座っていた。

いつもの男――これはヒサキの方だとわかった――が店の前にやってきたのを見た桂は、すぐに飛び出してヒサキと錦の前に立ちはだかったそうだ。おい、と声をかけようとした途端、二人は突然叫んで尻餅をついた。そこへユウたちが合流した……という流れだ。

錦もヒサキも申し訳なさそうな顔で座っていたが、どちらから話すかは視線をやりとりした末に、錦に決まったようだ。

「あの……幽霊かと思って……」

「幽霊？」

「……あっ」

桂は訝《いぶか》しげな顔だったが、千春はピンときて声を上げた。

「もしかして、ヒサキさんが怖がってた幽霊が出た場所って、このパティスリー・ミツなんですか？」

「そ、そうです」

こくこくとヒサキが頷く。千春は彼が先週語っていた話を思い起こした。幽霊が近所に出て、それをヒサキが目撃したこと。調べたら、その建物は幽霊の噂が元々あり、過去には火事があって何年も人が住んでいなかった――そんな話だ。

「元々幽霊の噂があったって言ってましたけど、その幽霊って、もしかして、飴《あめ》をくれるけど、受け取った子は死んじゃうってやつ……？」

「あっ、はい。そうです」

千春の問いにヒサキがまた頷く。あー、と榎木がのんきな声を上げた。

「あれか。私がここに来たばっかりの頃に流れた噂……ご近所への挨拶《あいさつ》でお菓子を配ったんですけど、子どもが怖がっちゃったみたいで……」

榎木は、後半はユウたちに向かって恥ずかしそうに説明した。

「当時は、まだこの建物のリフォームが終わってなくて、火事で焼けた跡も残っていて、子どもたちからしたら怖かったみたいですね」

「！　そういえば、ボヤの跡がありましたね、この建物」

ユウも納得したようだ。そう、幽霊の噂も、火事も、確かにあった。

「……じゃあ、俺のことを幽霊と見間違えたってこと？」

桂は納得していないような……というよりは、なんだか不満そうだ。まあ、幽霊に間違えられて喜ぶ人間は少数派だろう。

「ええと……はい」

「こんな派手な幽霊がいるかよ！」

桂は赤いウェアを引っ張って言った。

「でも、あの……見たんです。十日くらい前に」

ヒサキがおずおずと言った。桂に睨《にら》まれて少し気圧《けお》されたようにも見えたが、唇を舐《な》め、語りだした。

「俺、この店の前に立ち尽くしている、赤い服の女の人を見たんです。あの日は雨だったから全身ぐしょ濡《ぬ》れで、それなのに全然気にしていないみたいに立っていて。気を取られて、事故を起こしそうになって……でも、車を停めて振り返ったら、その女の人はいなかったんです。通りかかるたびにあの赤い女の人を見た気がしてびくびくしてて、でも、どうしても確認しなくちゃいけないと思って、この前店の様子を見に来たんです」

そこでごくりと彼は唾《つば》を飲み込んだ。千春も釣られて飲み込んだ。ヒサキは頭を抱えて震えていた。

「そこで……見たんです。店の窓に小さな手形が幾つもついているのを」

千春は息を呑《の》んだ。思わず窓へ視線をやるが、カーテンで閉ざされて窓の様子はわからない。

「それ以来、俺は何度も店に来てしまうんです。幽霊を怖がってはいるんですけど、どうしても確かめたくて。でも、幽霊がいないってことを証明することはできないじゃないですか……たまたま見えなかっただけかもとか、何か条件があるのかもとか。だからこれは、幽霊ともう一度出会って、また動画に撮って、本当にいたんだって証拠があれば、それでやっと安心できるかもしれないって」

「ま……待って、なんだか怖いです……！」

耐えられずに千春が制止の声を上げた。桂もはっとした顔で頷《うなず》いている。

「そ、そうですね。怖いわけじゃないですけど、こんな話聞いたって仕方ないし。やめましょう」

だが、榎木は興味津々で、前のめりになっていた。

「また動画に撮って……って言っていましたけど、またってことは前の時も動画に残していたってことですか？」

「幽霊を目撃した時の車載カメラの動画があります」

答えたのは錦の方だ。彼もずっと半信半疑だったが、その動画を見せられ、今日はヒサキと一緒に来たらしい。

榎木はぱっと顔を輝かせた。

「へえ！　見てみたいですね」

「いいですよ」

ヒサキはノートパソコンを鞄《かばん》から引っ張り出した。

うわーっ、と千春は悲鳴を上げたい気分だったが、ユウまでもがちょっと興味がある様子で、椅子を動かしてパソコンのディスプレイが見られる位置に陣取っている。

ヒサキが、パソコンに取り込んである動画を再生する。

千春も桂もその場を動かず動画を見ようとしなかったが、動画を繰り返し見ている榎木とユウが何度もちらちらと桂の方を見て、〝幽霊〟と似ているか確認するので、ついに桂が立ち上がって榎木の後ろからディスプレイを覗《のぞ》き込んだ。

「どれですかっ」

「あ、これです」

ヒサキが指差すところを見て、桂の表情が一瞬強張《こわば》った。その表情の変化を見てしまった千春は、どきっとしてやっぱり見たいような、絶対に見たくないような……そんな気持ちになり——我慢できず、桂の脇からそっと覗き込んだ。

車載カメラの動画は、見慣れた通りを映していた。画面の端にパティスリー・ミツの白く塗られた外壁と看板が見えたと思ったら、真っ赤な服を着た髪の長い女性が映った。映像は次の瞬間には突然大きく揺れた。事故を起こしかけたと言っていたから、ハンドル操作を誤りでもしたのだろう。最後の映像は、電信柱とその根元に残る、とけた小さな雪山だった。

それで動画は終わった。

一瞬だったからはっきりとは言えないが、確かに細身で小柄だったし、女性のように見えた。服装も、ロングコートかワンピースだろうか。全身濡れて髪からも雨が滴っているのに立ち尽くしているさまは、確かに異様に見えた。

「いや……でもこれ俺には似てないでしょ」

ぼそりと桂が言う。榎木が桂の今の姿を頭のてっぺんからつま先まで見て言った。

「どうかな。桂君は……まあ、ほら。赤……ではあるし。今日は」

「……付け加えて平均より小柄だってことを言いたいのはわかりますよ」

それにしても——と千春は動画をもう一度再生した。〝幽霊〟は、普通の女性のようにも見えるが、なんとなく恐ろしく、異様に感じられる。酷《ひど》く落ち込んでいるような、沈んだ雰囲気のせいだろう。普通なら、もう少し雨を避けるものだ。

「ん？」

千春がディスプレイに顔を近づけた。それまで若干薄目で見ていたのだが、目を見開いてよく観察する。

「これ……『赤』ですかね……？」

呟《つぶや》いた瞬間、それまで困った様子で椅子の上で小さくなっていた錦が、急に声を上げて椅子から転げ落ちた。

「ぎあっ、ひいっ⁉」

震える指で、扉の方を指差している。

外に通じる扉には四角い窓がついている。そこにはカーテンがなかった。

その窓の向こうに、指と、黒っぽい髪の毛と、顔の一部が見えた。

誰かが、扉の外から張り付いて、覗き込んでいるのだ。

「ひゃっ……！」

千春も腰を抜かしてその場に座り込んだ。ヒサキの絹を裂くような悲鳴の中、扉に向かって走り出したのはユウと榎木だった。

先に辿《たど》り着いた榎木が、ドアノブに手をかけて、勢いよく開けた。

「きゃ」

扉は外側に向かって開き、張り付いていた人物はよろけて尻餅《しりもち》をつく――声からして女性だ。いや、その前に、幽霊が尻餅をつくか？

千春は立ち上がってよろよろとそちらへ行こうとした。

榎木に手を貸されて立ち上がった女性の姿が見えた。

ピンクのダブルのコートを着た、髪の長い女性――梨之木だった。

梨之木は目を丸くして、事態に呆気《あっけ》にとられている様子だった。その時になって千春も気付いたが、彼女は何故か息を切らしているし、汗も掻《か》いているようだ。

「お店……は、やってないのでしょうか……？」

肩で息をしながら、彼女は榎木に尋ねた。榎木は困ったような顔をして言った。

「申し訳ありません。本日の営業は終了しております」

「あ……そうなんですね。すみません。お店の灯《あか》りが見えたので、もしかしたらと思ってしまって……」

梨之木は今になって髪の乱れ等が気になったのか、髪を手で撫《な》で付けて微笑んだ。

「それではこれで……」

「あ、待ってください」

榎木が呼び止め、梨之木のコートの襟のところから伸びる紙をひょいと摘《つ》まんだ。

「クリーニングのタグが残っていますよ。外しましょうか？」

「えっ……あっ、すみません！　お願いします……」

榎木がタグを取って、梨之木に見せた。

「クリーニングタグが残っていたということは、クリーニングに出して戻ってきてあまり日数が経っていない？」

「え？　ええ……、実は取りに行きそびれて、昨日やっと……」

「ということは、コートが汚れたんですね」

「汚れたというか……濡《ぬ》れちゃったんです。雨に降られて。それでクリーニングに。あの、それが何か……？」

梨之木の掠《かす》れる声に不安が滲《にじ》む。

「最近雨が降ったのは、十一日前ですね」

「？　そう……でしたでしょうか」

ハッとして千春は梨之木の全身を見た。背格好も、髪の長さも〝幽霊〟と同じくらいに見える。日付も天気も一致している。

桂が戸惑った声を上げた。

「でも……色が違います。そんな綺麗《きれい》なピンクには見えませんでした」

榎木が、落ち着いた声でそれに答えた。

「つまりこれは、雨に降られたピンクのコートが何色に見えるかという話ではないでしょうか」

千春は十一日前、梨之木がびしょ濡れでくま弁にやってきた日のことを思い出した。彼女は確かに今と同じ形のコートを着ていた。ダブルのオーバーコート……ただし、色はもっと濃かった。雨に濡れていたからだ。濃いピンク……というよりは、淡いボルドーくらいの色だった気がする。

色をなんと表現するかは、人によって微妙に異なる、難しい問題だ。夜、雨の日、ライトに照らされた一瞬の色だ。濡れたコートの色を赤と表現してもおかしくないし、実際、あの日くま弁で干したコートの色は、動画で見た〝幽霊〟の服の色と同系統に見える。

「でも、その人、なんで店の扉に張り付いていたんですか……？」

恐る恐る、といった様子で、錦が口を挟んだ。千春も同じ疑問を抱いていた。

桂も榎木も疑問の答えを求めて梨之木を見つめ、梨之木は気まずそうに口を開いた。

「灯りがついているのを見て、お店がやっているか確認したかったんです。それで、走ってきました。すごく好きなお店なので……でも、私の帰宅が遅いせいで、最近は全然営業中に来られなくて、悔しくて」

そこで、ずっと黙っていたユウが声をかけた。

「十一日前も、お店が開いてなくて、がっかりしたでしょうね」

梨之木は悲しそうに頷《うなず》いた。一瞬酷く沈痛な表情を浮かべ、肩を落とす。その姿は、動画の〝幽霊〟とどこか重なった。

動画の中の〝幽霊〟が落ち込んだ雰囲気だったのは、目当てのパティスリーが臨時休業だったから。着ていたコートが赤っぽく見えたのは、濡れていた上、夜にライトで照らされて一瞬そう見えたから。ヒサキが振り返った時に消えたように見えたのは、単純に梨之木がその間に走って信号を渡ってくま弁に駆け込んだから……。

結局、ヒサキが見た幽霊の正体は、梨之木だった。

「わかってみるとあっけないですね」

ヒサキが曖昧《あいまい》な笑みを浮かべて言った。錦がその脇を結構勢いよく突く。

「人を幽霊と見間違ってその態度はないだろっ」

「それ錦もだろ、結局信じてたんだから……」

「いやっ、だってあの動画は……なんか怖くて……」

そこで二人は梨之木からじっと見つめられていることに気付いて、それぞれ深々と頭を下げた。

「このたびは……すみませんでした！」

「あの、幽霊だなんて言って騒いで、申し訳ありません！」

「はあ……」

梨之木は困惑しているようだ。たぶん、まだ何が何やら呑《の》み込めていないのだろう。

梨之木もパティスリーのイートインスペースの椅子を勧められて座っている。彼女の前には、榎木がお茶とお菓子を出していた。残念ながらケーキは売り切れていたが、フィナンシェとフロランタンが小さな皿に盛り合わされている。

「どうぞ、召し上がってください。後でお持ち帰り用に何点かお包みしますね」

「いいんですか？　あの、もし扉がぶつかったのをお気にされているのでしたら、あれは私が張り付いていたのが悪いので……」

十一日前は好きなパティスリーに行って、臨時休業でがっかりして、今日は店に灯りがついているのを見て、営業中かと勘違いして覗《のぞ》きに来た。確かに、彼女の視点だと普通に過ごしていただけだろう。勝手にヒサキ——と錦——がその様子を幽霊だと思って、周りを巻き込んで大騒ぎしただけだ。

「いいえ、よければ、是非。それに、色々聞き出してしまいましたから。我々の納得のために」

「はあ……」

榎木が淹《い》れた紅茶は香り高く、梨之木はミルクを入れたそれを一口飲んで、ほっと息をした。ようやく周りを見回す余裕ができたのか、千春やユウ、ヒサキらの顔を順に見て、改めて尋ねた。

「それで……私の姿が幽霊に見えたというのはわかったんですが、どうしてこんなにたくさんの人がパティスリー・ミツにいるんですか？　お店の方だけではありませんよね……？」

桂が、ヒサキと錦の後ろに立って説明した。

「この人らが幽霊をもう一度見ようって二日と置かず来ていたんです。その……俺としては、強盗の下見とかじゃないかって思って、見張っていて。いや、勿論《もちろん》違ったんですけど。くま弁のユウさんと小鹿《こじか》さ……いや、えっと、ご夫婦は、何かあったら事だからって応援に来てくれていて」

「それで、幽霊の私を見たのは、十日……十一日前の雨の日ですね。あの日は、確かに傘を盗まれてコートも髪の毛も濡らして帰るしかなかったので、幽霊みたいに見えたのかもしれないですね……酷《ひど》い姿で出歩いてしまって、お恥ずかしいです」

梨之木はそう言って髪の毛を撫で付けた。俯《うつむ》いて、自信なげに見える。

「あっ……いや！　酷い姿とか、そんなことではなく……！　なんていうか、すごく悲しそうで、沈痛で、こちらも落ち込むような雰囲気があったので……」

フォローのつもりなのかなんなのか、錦はそう言った。ヒサキもパソコンを梨之木の方へ向けた。

「これです、よかったら見てください！」

「ええ……？」

驚く梨之木の前で、ヒサキは動画を再生し、梨之木はそれをまじまじと見た。

「えっ、私……確かにものすごく落ち込んでいますね……」

我がことながら驚いて、いくらか引いているようにも見える。

「ケーキ食べられなくてここまで傍目《はため》にも落ち込んでいたんですね……あの、ところで、最後の方のって」

「ああ、自損事故を起こしそうになって。でも、寸前で、ブレーキかけられたんで大丈夫でしたよ」

「事故⁉」

そういえば、動画の最後は電信柱と雪山が迫る、事故寸前の場面で終わっているのだ。

「だ、大丈夫ですって。俺が勝手に勘違いしてびっくりしただけで……」

「何事もないんで本当気にしないでください！」

ヒサキと錦が口々に言うが、梨之木は怯《おび》えた様子で食い入るようにディスプレイを見つめ、今度からは気を付けます……とか細い声で言った。

桂が、追加のお菓子を――チョコとクッキーを梨之木の皿に入れた。なんだか憤慨しているようだ。

「そんなふうに気にする必要ないですよ、梨之木様のせいじゃないんですから。俺だってこの人らには腹立ってんですよ。強盗じゃなかったって言っても、うちのお客様を幽霊扱いして動画撮ろうとしてたんですから。うちの店まで変な噂立てられるところでしたよ」

「申し訳ないです……」

ヒサキも錦もすっかり意気消沈して小さくなり、桂と榎木、千春たちにまで頭を下げる。桂はまだ眦《まなじり》をつり上げて何か言いたげだったが、それを榎木がそっと引き留めた。

「桂君もその辺にしてあげましょう。お客様を幽霊扱いというのは確かにやめてほしいけど、動画の拡散もしてないし、こんなに謝ってくれているし……桂君も怖かったのかもしれないけど、だからってそんなに攻撃的になっちゃだめだよ」

「はっ、はあ⁉ 別に俺は怖くなんかないですけど⁉」

「え？ いやあ、怖かったでしょう。不審者がいるってわかってから、桂君ずっと怒りっぽかったし、緊張していたし」

「そんなことは……いやっ、そういう……あの……」

心当たりがあるのか、桂の反論はあっという間に尻《しり》すぼみになった。

千春は思わずユウと視線を交わした。昨日桂が来店した時、彼にしては珍しく感情を強く表に出しているな……と思ったのだ。割といつもマイペースで淡々とした若者だったから、意外だったのだが、榎木の言う通りだとすると納得だ。

榎木は眠たげな目を細めて、微笑んだ。

「それに、うちの店に関しては、もう幽霊が出るって噂されているし」

そう言って、店の一角に視線をやる。千春も視線を追ったが、特に何もない。シャビーシックな雰囲気でまとめられたお洒落《しゃれ》な店内だ。

「あの窓」

榎木はすいとその長い指を伸ばして、一枚の窓を指差した。

「あれ、何度拭《ふ》いても手形がつくんですよ。小さい、子どもの手形」

え？

千春は聞き返しそうになったが、恐ろしくて声が喉《のど》から出てこなかった。怪談は終わったのでは？　そう思ったのに、視線は指差された窓から外せない。

「そ、そういえば、ヒサキも窓に小さい手形がいっぱいあったって——」

錦が掠《かす》れた声でそう言った。そんなこと思い出させないでくれと千春は心で叫んだ。

榎木の笑みを含んだ声がゆっくりと語った。

「下校の時にあの窓に触ってくるっていう肝試しが、近所の小学生の間で流行《はや》っているんですよ」

榎木の言葉の意味をしばらく考えて、千春は声を出した。

「…………は？」

「肝試し。だから、いっぱい手形がつくんです。勿論、今回の幽霊騒ぎの前からですよ」

桂がむすっとした顔で文句を言う。

「あれ、本当に拭いても拭いても次の日には新しいのつくんですよね。榎木さんが怒らないから……」

「可愛いからいいかなって。拭くだけだし」

はあ……と千春は溜息《ためいき》を吐き出した。新しい怪談かと怯えてしまった。見るとユウも苦笑いを浮かべていたし、梨之木も胸の前で手を組んで涙目になっていた。

「こ、怖かった……」

ヒサキも泣きそうな顔だ。隣で青ざめた顔をしていた錦が、自分のことを棚に上げて言った。

「おまえさ、普段からそういうの信じ過ぎなんだよ。パワースポット巡りとかさ……」

「パワースポット巡りはいいだろ、普通に観光できるし楽しいし……」

ヒサキが反論するのを聞いて、梨之木は気を引かれたようだった。

「観光……パワースポット巡りって、遠くまで行くんですか？」

「えっ、はい、道内ですけど……市内も市外もあちこち……」

「行動力あるんですね……あの、よかったらたくさんあるので皆さんで」

梨之木はそう言ってお菓子が山盛りになった皿をヒサキたちの方に押しやって、自分はクッキーを摘《つ》まんだ。千春もクッキーをもらって、錦もチョコに手を伸ばした。

「行動力って言っても、俺のは変なところでも発揮されちゃって。もっと考えて行動しないと迷惑かけますよね……」

「あ、そういうこともあるかもしれませんけど。でも、私行動力なさすぎて旅行も行きたいのに行けないし……仕事が終わってからじゃ、このお店もやっていないんです。だから、今日はむしろラッキーでした」

梨之木はくるみとシナモンが入ったクッキーを一口齧《かじ》った。ラッキー、という言葉の通り、彼女は幸せそうに微笑む。

千春も同じクッキーを食べる。くるみとシナモンが香ばしくて、リスになったような心地がして、思わず笑みが零《こぼ》れた。

「ミツのファンなんですね」

千春が訊《き》くと、梨之木は苦笑した。

「ファンといっても、全然、来られなくて……身近な店にも行けないんじゃ、旅行なんて夢のまた夢ですよね……」

それを聞いていたヒサキは、メレンゲクッキーを数個頬張ったまま、不思議そうに梨之木を見つめた。メレンゲはあっさりと彼の口の中で溶けていったらしく、すぐに頬の膨らみはしぼんだ。

「今日は来られたじゃないですか」

ヒサキは、何の気なしにそう言った。その肩を錦がどつく。

「何言ってんだ。今日は俺らが迷惑かけたからたまたま……こんな偶然、『来られた』に数えるなよ」

「それは知ってるけど。でも、店の灯《あか》りを見つけて走ってきたんなら、『来られた』ってことだろ……えっと、違うんですか？」

最後は梨之木に問いかけた。梨之木は意表を突かれたらしく、ぽけっとしていたが、テーブルの焼き菓子の皿を見て呟《つぶや》いた。

「そっかあ……」

梨之木はガレットを摘まんだ。色よく焼けたバターたっぷりの菓子を見て、笑みを零す。

「私、来られたんですね。だからこうして、お菓子も食べられているんですもんね……」

「そうそう。だからきっと、旅行も余裕ですよ」

笑顔で言うヒサキを、錦が怒鳴りつけた。

「おまえはいちいち態度がでけーんだよ！　あの、こいつが適当なことばっかり言って

すみません。ご不快でしたらあっち連れていきますんで……」

「ああ、いえ、そんな、不快とかではないので、大丈夫です。はい」

ヒサキと錦のやりとりがおかしかったのか、梨之木は笑っている。

「旅行もできますよ」

そう言ったのは、ユウだった。

「さっき扉にくっついていた梨之木様の迫力、凄《すご》かったです。好きなものへの情熱、素

晴らしいと思いますよ」

にこにこと微笑むユウを見て、梨之木は頭を抱えてしまった。

「迫力……！　いや、そうですよね、さっき見られてましたもんね。恥ずかしい……」

そこで、彼女はふと顔を上げた。

「あのう。くま弁さんって、魔法の弁当っていうのありますよね……」

「えっ、ええ、注文弁当をそう呼ぶ方もいるだけですが……」

千春がそう答えると、梨之木は納得したように頷《うなず》いて、真剣な眼差《まなざ》しで千春とユウに言った。

「……道内を一、二泊くらいの旅行した気分になれるお弁当って、作れますか……？」

なかなか旅行ができないから、せめて食事だけでも旅行気分を味わいたい——梨之木はそう説明した。やたらと条件が具体的なのは、旅行の想像をする時、だいたい週末に行ける場所を思い浮かべるから……だそうだ。

「かしこまりました。ただ、勿論《もちろん》、魔法といっても本当に名前だけですから……」

ユウは真面目に『魔法』の説明をしようとする。梨之木ははにかむように笑った。

「あ、いえ……わかっています。私もそういうの信じるタイプじゃないので。でも……魔法とかあってもいいじゃないかって今日は思うんです」

梨之木は自分の胸を叩《たた》いた。

「だって、私が幽霊だって話なんですもん。幽霊がいるなら、魔法の一つ二つ、本当にあってもいいじゃないですか」

その理屈に千春は最初呆気《あっけ》にとられて、それから、思わず笑ってしまった。

「そうかもしれないですね！　幽霊がいるなら、魔法もあってほしいですよ」

ユウは千春よりは長く固まってしまっていたが、千春の相槌《あいづち》を聞き、ふっと微笑んで答えた。

「承知しました。お作りいたします」

やった、と梨之木が小さくガッツポーズをした。

❄

開店準備が一段落ついた午後、ユウと千春は小休止の時間を取る。パティスリー・ミツの焼き菓子を食べたり、ユウが作り置きしたおやつを食べたり、ちょっとした団らんの時間だ。

今日のお茶受けはシュトーレンだった。濃い目の紅茶がいいなと思い、千春はアッサムを選んでお湯を沸かし始めた。

ポットとカップの用意をして戻ると、ユウは休憩室のちゃぶ台にノートを広げて見返していた。

これまでのレシピを記したノートだ……それに、プリントされた写真が何枚もある。

「あっ、これ旅行の写真だね」

手に取って見ると、将平と三人で撮った写真や、宿の料理、チカ、サロマ湖、船が陸に揚げられた漁港の様子などの写真の他、千春が撮った夕張の写真や、ユウが撮った増毛の写真もある。料理の写真が特に多いのは、千春とユウの職業病のようなものだろう。

「プリントしてくれたの？」

写真を撮ったところで満足してしまっていたから、アルバムどころかプリントもまだだったはずだ。

「うん。ちょっと、お弁当のアイディアに」

「ああ、梨之木さんの？」

梨之木からの注文弁当の期日は三日後だ。

梨之木の希望は、道内で小旅行をした気分になれる弁当。

「うん……」

何か考えあぐねているような口ぶりだ。千春はユウが作ったスペースにカップとティーポットを置いた。シュトーレンを取って戻ってくると、ユウはちゃぶ台を半分くらいは片付けていたが、まだ写真を見つめて考え込んでいた。

「ユウさん」

「……あっ、ごめん、今片付けるね」

「いいよ、悩んでるなら今じゃなくても。シュトーレンは逃げない」

クリスマスまで少しずつ食べるのがシュトーレンの楽しいところだ。今年のシュトーレンはユウのお手製だ。ドライフルーツとナッツとマジパンと酵母入りの生地が重なり合って、それらが溶かしバターと砂糖でしっかり覆われている……まあ、正直言って真面目に作ったシュトーレンは結構な脂質と糖質の暴力だと思うのだが、この時季だけのお楽しみなので、少しずつ切って大切にいただいている。

そういうわけだから、別に今日食べなくては腐るという食べ物ではないのだ。

「そうそう、可愛かったね、ここのクリームソーダ……アルバム作りたいねえ」

「うん。旅行の思い出って、人の話聞いても新鮮で僕は好きだし、たぶん話を聞いた限りでは梨之木さんも同じようなタイプだとは思うんだけど……」

困り顔で、ユウは将平との写真を見つめて言った。

「旅行に行きたいのに行けない……って辛《つら》さを抱えているのなら、旅行気分を煽《あお》られて、余計に辛くなったりしないかなって」

「う～ん……でも、旅行した気分になれるお弁当っていうのが依頼でしょう。そういう気分になれれば、大丈夫じゃない？」

「お弁当を食べたら、その時は満足できると思うよ。でも、後からやっぱり行きたかったな～ってなることもあるでしょう」

「そりゃそうだけど……難しいねえ。本当に魔法を使えたらいいんだけどなあ……」

たとえユウが旅行に行った気分になれるお弁当を作ったとしても、その気持ちを満たせるのはお弁当を食べた時だけで、梨之木はやっぱり旅行に行きたくなって余計に辛いかもしれない……ということだ。

千春は梨之木の様子を思い出した。昨日来店して買っていったミネストローネにも、北海道産の野菜と二種の花豆が入っている。北海道では豆類の栽培もさかんで、ふっくらと大きな花豆は食べやすく栄養豊富で美味《おい》しい。外の黒板に書いた千春の説明書きを、梨之木は熱心に読んでいたようだ。

パワースポット巡りをするヒサキを、行動力があると褒めていたことを思い出す。

「じゃあ……いっそのこと、旅行に行くのを後押ししちゃう……とか」

ユウが、ちょっと意表を突かれた顔をした。目を瞬かせて、眉間《みけん》に皺《しわ》を寄せる。

「でも、お忙しいんだよね」

「そうだと思うけど、ヒサキさんのこと行動力があるって褒めてらしたし、ご自分のことは行動力がなくて……っておっしゃってたから、もしかしたら、行動力があれば旅行に行けるっていう思いがあるのかも」

自分の経験を思い起こしながら、千春は説明した。

「私もさ、仕事で疲れていると計画立てるのも出かけるのも億劫《おっくう》になって、ひたすら寝て過ごすけど、休日が過ぎてみると何もしなかったって後悔することはあったから……」

「確かに。その何もしないことで回復しているとは思うんだけどね」

「その考えもわかるけど、休日ごろごろしてると、ああ〜、何もしてない……みたいな気持ちになっちゃうんだよね。いっそ思い切ってどこかに行った方が、気分転換になっていいのかも」

千春が頬杖《ほおづえ》を突いて溜息《ためいき》を吐き出す。なんとなく話としてはわかるが、それでは実際にどんなお弁当を作ればよいのだろうか。

「……そういえば、この前梨之木様はカツ丼弁当大盛りを注文されてね。ああ、わかるな〜って思ったんだよね。大盛りって、美味しかったけど食べ終わっちゃった……って いう寂しさの先に行けると思うから。そういう満足感がほしい時って、あるよね〜って ……えっ、ない⁉︎」

ユウが戸惑ったような、えっ、と声を出しかけたような顔で固まってしまったので、千春は急に恥ずかしくなった。

「ああ、ごめん。そっか、大盛りって、そういう視点もあるよね……」

電話の音が間近で鳴った。千春が反応して口を閉じる間に、ユウが腰を上げてすぐ後ろにあった親機の受話器を取った。

「お電話ありがとうございます。くま弁です」

いつもの電話応対時のやや高めの整った声で、ユウが対応していく。聞くともなしに聞いていると、ユウが千春を見やった。

「ああ、そういうことでしたら、今なら大丈夫ですよ。すぐおいでになります？」

おや、誰か来るのか。千春はとりあえず休憩室に散らばった写真を集めて揃えた。

電話を切ったユウが、写真を受け取って言った。

「ありがとう。これから、ヒサキ様たちがいらっしゃるよ。改めてお詫《わ》びにだって」

「ああ、そっか。わかった。すぐ着くの？」

「三十分後くらい。だから、とりあえずお茶をいただこうかな」

ユウはそう言って、カップにミルクを多めに入れて、紅茶をそこへ注いだ。よい香りだ。千春もミルクと砂糖を入れることにした。

シュトーレンをミニキッチンに片付けた時、玄関のチャイムが鳴った。

ヒサキと錦はスーツとネクタイというほどではなかったが、それなりに落ち着いた格好をしてやってきて、玄関で深々と頭を下げて先日のことを謝ると、菓子折を差し出してきた。

ユウもそこまでしっかり謝罪されるとは思っていなかったらしく、少し戸惑ったように見える。

「いや、私たちも野次馬みたいなもので……」

「そんなことないです。ご心配おかけしたと思います」

千春とユウは視線を交わし合って、それじゃあ、とユウが菓子折を受け取った。

「いただきます。すみません、わざわざありがとうございます」

「あの、これからもお店来てくださいね」

「はいっ、ありがとうございます！」

ほっとした様子で錦が答えた。

ヒサキが、まだ緊張した面持ちで言った。

「あの……お詫びの直後に申し訳ないんですけど、実は梨之木さんの連絡先を知らなくて、あれきりちゃんと謝れていなくて……」

なるほど。千春とユウは顔を見合わせて頷《うなず》き合い、ユウがヒサキに提案した。

「梨之木さんにはこちらから連絡を差し上げましょうか？　ヒサキさんたちがお詫びをしたがっているって……」

「いいんですか⁉　じゃあ、あの、是非お願いします。俺の連絡先もお渡ししますけど、梨之木さんが直接連絡取りたくなかったら、お店とかどこか指定してもらえれば、ご都合のよい時に行きますんで。あ〜、あとお菓子とか持って行こうと思ったんですけど、錦と相談していて、え〜と」

焦っているのか早口になるヒサキを、錦が止めた。

「いや、おまえちょっと一気に話し過ぎ。それにそんなのくま弁さんに相談しても困るだろ」

「そうだけど、でも……」

「あ〜、いいですよ、何かお菓子のことでお悩みですか？」

ヒサキと錦はちょっとの間視線を交わし合い、その後ヒサキが口を開いた。

「梨之木さんって、パティスリー・ミツのファンだけど、なかなか買いに行けないって言ってました。ミツのお菓子の詰め合わせとかにしようと思ったんですけど、考えてみたら焼き菓子はこの前食べてたし、ケーキはどうかなって」

「でも、ケーキは生ものだし向こうももらっても困ることもあるだろうって思うんですよ」

「そうですねえ」

一般的に、こういうお菓子は日持ちのするものが無難だろう。

だが、梨之木は、自分の終業時刻に営業が終了しているパティスリー・ミツのケーキを食べられる機会があったら、それはもう喜ぶのではないか、とは千春も思う。

「そこも併せて、訊《き》いてみましょうか？　ミツのケーキはご迷惑じゃないかって」

「あっ、ありがとうございます！」

ヒサキはほっとした様子で礼を言い、急いでメモを取り出すと、そこに連絡先を書き付けて千春に渡した。

「はい、確かに」

ヒサキと錦は、そのまま何度も頭を下げて、帰って行った。

彼らを見送った後、千春とユウはまた顔を見合わせた。

梨之木やミツはともかく、うち相手にそこまでしなくてもいいのになあ……という思いもあるが、丁寧に謝ってもらえたのは嬉《うれ》しい。ちゃんと大事に扱ってもらっているんだな……という感じがする。

「えっと……とりあえず、梨之木さんに連絡しようかな」

「うん。あ、私から電話するよ。梨之木さん、ユウさん相手だと緊張するって言ってたことあるよ」

「えっ、なんで!?」

「顔がいいから微笑まれると直視するのは眩《まぶ》しいみたいな話……」

ユウが複雑な顔をしたが、千春はそれ以上どうにもフォローが難しかったので、そのまま休憩室に戻った。早速電話機の前に陣取って、梨之木の電話番号を打ち込む。

梨之木はちょうど仕事の休憩時間で、すぐに電話に出てくれた。事情を説明すると、パティスリー・ミツのケーキと聞いて悲鳴を上げそうなほど喜んでいた。日時は三日後、注文弁当を受け取る前にちょっと時間ができそうだから、くま弁に行く前に駅前の喫茶店で会うということになった。

話がまとまったことをユウに伝えると、ユウは目を見開いて、千春に確認してきた。

「会うのは、同じ日なんだね。うちに来る前に会うと」

「そう。ヒサキさんたちにも知らせないとね。え～と、これか。電話しておくね」

うん、とユウは生返事をした。千春が電話をかけながらちらりと見ると、ユウは整理した写真を見て、何か真剣に考えているようだった。

❄

その日、梨之木がくま弁にやってきたのは、二十一時前だった。

「いらっしゃいませ！」

千春が声をかけると、梨之木はふにゃりと微笑んだ。顔を赤くして眉尻《まゆじり》を下げて、でれでれしている。梨之木のこんなにも緩んだ顔を千春は見たことがなかった。

「えっ、嬉しそうですね……？」

「いや、ふふ……いただいちゃって。ちょっと、あの、すっごく可愛いんですよ」

梨之木は含み笑いを漏らしながら手にした紙袋を見て目を細めた。小ぶりな紙袋には、『パティスリー・ミツ』の名前と店の外観イラストがプリントされている。

ヒサキと錦に会ってきたのだろう。無事に謝罪できたようで、千春はほっとした。

「それ、今日のヒサキさんたちからのですよね。もう中見たんですか？」

「ふふ、こそっと見ました。わざわざミツの榎木さんにお願いして、特別に作ってもらったって言ってました」

「えーっ、それは凄《すご》いですね」

この時間は少し客足が落ち着いてくる。ユウは梨之木にあいさつすると、梨之木の弁当の仕上げにかかった。

梨之木は上機嫌で、千春相手にずっとケーキの話をしていた。

「ヒサキさんたちが、榎木さんにケーキどれがいいか訊きに行ったら、私には迷惑をかけたから特別に作りますって言ってくれたそうで……もう私、天国行けそうです……」

「まだ早いですよ！　気持ちはわかりますけど……どんなのですか？」

「えへへ、イチゴとホワイトチョコとピスタチオのシャルロット。北海道の乳製品たっぷり使っているそうですよ」

「あっ、もう美味《おい》しそう……！」

「見ます⁉」

いいんですか？　と千春は前のめりになって確認する。

何か声が聞こえた気がして振り返ると、ユウが咳払《せきばら》いで笑いをごまかそうとしていた。

「ユウさん……」

「いや、だって、すごく食いついているから」

梨之木が笑顔で尋ねた。

「店長さんも見ます⁉　これを逃したら二度と見られませんよ！　私今日食べちゃいますからね！」

最初は笑顔だったユウも、そう言われると希少性に気付いたのか、すっと真面目な顔になった。

「今ちょっと手を離せなくて……もしよければ、休憩室でお待ちいただけませんか？　お弁当ももう少しかかりますし」

「あ。そうか、ちょっと時間早めでしたもんね。じゃあ、そうさせていただこうかな」

千春は梨之木を休憩室に案内した。


パティスリー・ミツの特製ケーキは、軽やかなビスキュイを型として、中にババロアやムースを流し込んで固めた、シャルロット・オ・フリュイだ。イチゴのババロアの中にはホワイトチョコとピスタチオのムース、フランボワーズのコンポートが入っているらしいが、美しく並べられたビスキュイとイチゴによって、まったく中身は窺《うかが》い知れない。三号ほどの大きさだろうか。

でれでれの笑顔で梨之木はケーキの説明をしてくれた。

そのうちに弁当ができて、ユウが休憩室にやってきた。

「お待たせ致しました……あっ、こちらですか。綺《き》麗《れい》なシャルロットですね」

「うふふ……ですよね！　ミツのシャルロットって初めてです。ビスキュイがもう美味しそうだもん……」

うっとりとした梨之木は、ハッと我に返って居住まいを正した。

「すみません、語ってしまって……お弁当ありがとうございます」

「いえいえ。見せてくださってありがとうございます」

梨之木はシャルロットを入れた箱を最初のように綺麗に閉じて、紙袋にしまった。

「それでは、こちら『北海道巡り弁当』です。ご確認いただけますか？」

ユウがそう言って、ちゃぶ台に弁当を置く。今回は普段の店の弁当とは違って折箱を使っている。梨之木がそっと蓋《ふた》を開くと、中は専用のぴたりとはまるトレーで区切られ、そのそれぞれに料理が盛り付けられていた。

トレーは六つあり、一つ目のトレーは三つに仕切られて、タコと里芋の炊き合わせ、南瓜《カボチャ》の煮つけ、小柱と百合《ゆり》根《ね》のかき揚げが盛り付けられている。二つ目のトレーも三つに仕切られ、そのうち大きな方に八角の焼き物、小さな二つにはかにの身入りのだし巻きと焼きつぶ貝がそれぞれ入る。三つ目のトレーは和牛ステーキと小さな仕切りの中に小蕪の甘酢漬け。ご飯は、ホッキ飯、豚丼、牡蠣飯《かきめし》の三種がそれぞれのトレーに収まっていた。

「あわあ……」

梨之木の喉《のど》からそんな声が漏れた。やはりデレデレになってしまっている彼女に、ユウが一つずつ説明した。

「タコは増毛産を使っています。柔らかく煮たタコとねっとりとした里芋を合わせました。羊蹄山麓《ようていさんろく》で収穫した南瓜と、小柱は噴火湾《ふんかわん》産で、百合根は羊蹄山の麓《ふもと》、真狩《まっかり》産です。それから八角は……」

「ま、待ってください。その情報ってどこかにまとまってますか⁉」

「あ、それはこちらに」

千春が差し出したのは、北海道の白地図を基に、パソコンで色々書き加えてデザインしたものだ。たとえば、地図の増毛の場所からは線を引っ張ってきて、余白にタコのイラストを添えてあるし、黄金岬などの景勝地も、同じく地図上から線を引いて余白に書き加えている。

「お弁当の観光マップです」

「えっ、凄い……」

梨之木は、そう言ったきり絶句してしまった。何度も地図と弁当を見比べている。ユウが説明を続けた。

「八角は白老《しらおい》から。トクビレとも言って、お刺身もとても味がよいのですが、今回は塩焼きにしました。脂が乗っていて美味しいですよ。かにの身は少量ですがしっかり味が出ています。稚内で水揚げされたズワイガニです。灯台つぶは釧路産。ステーキはびらとり和牛を使わせていただきました。ご飯は、苫小牧《とまこまい》のホッキを使ったホッキ飯、十勝の豚丼、それにサロマの牡蠣を使った牡蠣飯です」

千春はユウの説明を聞きながら、味見させてもらった料理の味を思い出していた。和牛のとろける脂と旨《うま》み、かにの香るだし巻き、柔らかなタコと味の染みこんだ里芋……梨之木に気付かれないよう、唾《つば》を飲み込む。ばれていないよな……と梨之木を窺うと、彼女は、嬉《うれ》しい、と呟《つぶや》いて、地図を胸にそうっと押し当てた。

「本当に、北海道旅行してるみたいな気分になれそうです」

「そう言っていただけると、僕たちも嬉しいです」

ユウがはにかんで微笑む。こういう時の彼は実年齢よりもさらに若く、ちょっと少年っぽくさえ見える。

「嬉しいなあ……すごく品数が多いですね。色んな産地があって、観光情報も載っていて、こんなに特別なお弁当を、ありがとうございます」

梨之木は頭を下げ、弁当の入ったくま弁のロゴ入りの袋と、パティスリー・ミツのシャルロットが入った紙袋を大事に両手に提げて、帰って行った。千春もユウも外まで見送ったが、大事そうに時折袋の中を覗《のぞ》きこむようにしながら帰る後ろ姿に、じわじわと胸が熱くなった。

「よかった……喜んでもらえたね」

「うん。千春さんの地図もよかったよ」

「えへへ……お弁当あってのことだけど」

後ろから足音がしたので、通行の邪魔にならないよう脇によけたら、通りかかったのは桂だった。

今は幽霊騒動の時のド派手なウェアとは異なる、カーキのモッズコートを着て、毛糸の帽子を被《かぶ》っている。

「こんばんは」

「こんばんは、今帰り？」

「はい。終業後にちょっと練習させてもらっていたんで、遅くなっちゃって……」

そう言って、寒さで赤い鼻の頭を掻《か》く。

「お二人は？」

「今ね、梨之木さん見送ってたの。梨之木さんにシャルロット見せてもらったけど、すごく美味しそうだった！」

千春にそう言われて、桂の表情がぱっと明るくなった。

「そうでしょう？　俺もあれは見た目も華やかだし、味の組み合わせも絶対いいし、ビスキュイもめっちゃくちゃ綺麗に焼けてるんで、喜んでもらえるといいなあって思っていたんです。榎木さん、凄《すご》いでしょ」

「さすがでしたね～！」

「くま弁のお弁当も今日でしたっけ？　どんな感じのお弁当になったんですか？　確か、テーマは北海道旅行って聞いていますよ」

千春とユウは顔を見合わせた。話はちょっと長くなるかもしれない。

「よかったら、中で話そうか？　ここ寒いし……」

何しろ、千春もユウも制服のままだった。見送りだけのつもりだったのだ。

「あっ、すんません。そうですね、じゃあ、よければ中で」

桂もユウに続いて店に入った。千春も最後に続いた。


客が来る前にとざっと弁当の内容を説明すると、桂は興味深そうに聞き入っていた。

「品数多く、色んなところの食材使ったんですね。地図もわざわざ作って。いいなあ……」

心底羨《うらや》ましそうな声の響きだ。

そろそろ取り置き予約の客が来る時間だったので、休憩室には戻らずに、ストーブに当たりながら語っていた。

「梨之木さん……って、旅行に行きたいけどなかなか行けないって言ってましたもんね。お弁当で、旅行した気分になりたいってことなんでしょうね。まあ、俺ならむしろ旅行したくなりそうですけど……」

「実は……そういうふうに思ってくれたらいいなあとは考えているんだ」

千春はそう言って、暖かくなってきた指先を擦《こす》り合わせた。

ユウも隣にいて、桂に説明した。

「前に、千春さんが言っていたんだけど、大盛りカツ丼は、もう食べ終わっちゃった、っていう寂しさの先に行けるんだって」

「へえ。まあ、わかるような感じはします。量が多いと、食べてる時の幸せがそれだけ長く続くってことですもんね」

「そう。でも、今回はケーキがあるって聞いていたから、お弁当だけで完結したらまずいわけだよね。梨之木様は、お弁当を食べ終わった時に、ケーキに向かう気持ちをちゃんと持っていたいんじゃないかなって」

桂はハッとした顔でユウと千春を見つめた。

「うちのケーキのために、控えめにしてくれた……ってことですか？　そんな気遣いさせてしまっていたとはわからなくて……」

「ああ、いや、量はそんなに控えてないよ。お弁当の満足度は維持したかったからね。ただ、さっきも言ったけど、品数を多めにしたんだ。そうすると、一品一品の量は少なくなる。二口三口で食べ終わるおかずがたくさんあると、大盛りの丼を食べた時よりも〝次は何を食べよう〟っていう気持ちが途切れにくいんじゃないかなって思ったんだ。ケーキのことも勿論《もちろん》だけど、ケーキだけじゃなくて……その〝次は何食べよう〟っていう気持ちは、梨之木様をやりたいことへ踏み出せるように、力づけてくれるんじゃないかな。折角旅行したいって思ってるんだから……」

自分ばかり話していることに気付いて、ユウがふと口を閉じた。桂はユウを見つめて、それから千春を見た。唖然《あぜん》とした様子だった。

「え……それって凄くないですか？」

「いや……えっと。でも、本当に、これはただの僕の願望なので、そんなふうに思ってくれたらいいなあってだけで……別に、旅行が楽しいかどうかなんて人によるし、梨之木様はお疲れみたいだから……」

「いや、願望っていうか、気遣いでしょう。お客さんが何を本当に求めてるか、すっげー真剣に向き合ってて……凄いです」

真っ正面から尊敬の気持ちを向けられて、ユウは顔を赤くしてしまった。

「あの、コロッケ食べる？　これから取り置き予約分を揚げるんだけど、ちょっと多めに揚げようかなって……」

そう言って、いそいそと厨房《ちゅうぼう》に戻っていく。

桂はユウの態度に不思議そうな顔をしているが、千春はなんとなくユウの心情が想像できた。桂は元々くま弁で働いていた。この店を辞めてパティスリー・ミツで働くことになったわけだが、ユウとしてはそのことに複雑な思いがあった。桂が飲食業界に興味を持つきっかけになったのはくま弁でのバイトを通してのことだが、桂が選んだのはパティスリーであり榎木だったということが、悔しくて、寂しいのだ。

その桂からこんな風に純粋に感心されると、舞い上がって、恥ずかしくなってしまうのだろう。

桂のために、千春は少しユウの話を補足した。

「最近、ちょこちょこ近場に旅行するようにしていてね。ちょっとお出かけして、誰かに会ったり、美味《おい》しいものを食べたり、自然の中に行ったりっていうのが楽しくて。旅行に行ったみたいな気持ちになれるお弁当っていいなあって思ったけど、その土地でしかできない体験とか、出会いとかもあるじゃない？　だから、梨之木さんも、行きたいなら行けるといいなあって、ユウさんと二人で話してたんだ」

千春は、サロマ湖まで行ったからこそ、鳴海と出会い、将平やミナトと揚げたてのチカを食べられた。夕張では美しい景色を見られたし、ソフトクリームも美味しかった。ユウが語ってくれた守田夫婦との再会も、旅に出たからこそのことだ。

旅行に行くまでは億劫《おっくう》だったり、気乗りしなかったり、準備が大変だったりということもあるだろう。行った先で、知人とはぐれたり、メロンがシーズンオフだったり、車が故障したりということもある。

だが、梨之木は旅行に行きたいのだと言っていたし、千春たちはその気持ちを大事にしたかった。

ユウは自分の弁当が人を救えるとか変えられるなんて思っていないし、そう考えることを傲慢《ごうまん》だと考えている節がある。彼はただ、弁当を食べてくれる人のことを思って、ひたすら真摯《しんし》に仕事に向き合っているだけなのだろう。

そんな彼でも、こうして願いを差し挟むことはある。

「……梨之木さんが、ゆっくり休んで、元気になって、好きな場所に行けたらいいですね」

桂はそう言って、壁際の丸椅子に腰を下ろした。

「俺、ユウさんと千春さんみたいに、お客様と向き合えるようになりたい」

「私も？　いやあ……それに、榎木さんだってとっても素敵なケーキ作ってたでしょ。あ、直接会ってないから梨之木さんの反応見てないと思うけど、本当にすっごくデレデレだったよ」

「うん」

桂は誇らしげに笑った。榎木のケーキが褒められると、彼は我がことのように嬉《うれ》しいのだ。

ユウは宣言通り、取り置き予約用のコロッケの準備を始めた。

千春も桂に一言断って厨房に戻り、キャベツの千切りがもうないので新しく用意することにする。とんとんと規則正しく響く包丁とまな板の音を聞きながら、千春は梨之木の後ろ姿を思い浮かべていた。

❄

ホッキ貝は肉厚で柔らかかったが、しこしことした歯ごたえがあり、炊き込みご飯にはホッキの甘みがしっかりと染みていた。『北海道巡り弁当』にはホッキ貝、小柱、牡蠣《かき》、それにつぶ貝と、貝だけで四種類も使われている。和牛も豚肉も八角もタコもかにも入っていて、野菜も勿論全部美味しい。

昼にうどんを啜《すす》ってから何も食べていなかったので、仕事中に何度もスナックを口にする誘惑に駆られたが、我慢してよかったと思う。今日は味わってゆっくり食べたい気持ちと、美味しくてぱくぱく食べたい気持ちがせめぎ合っている。

すっと口の中で溶けていくような霜降りのサーロインステーキを飲み込む。頑張って予算多めに言ってよかったな……と思う。

結局二十分ほどで食べ終わった。品数が多く、まったく飽きることがなく、最後のご飯の一粒まで美味しくいただいた。

「ごちそうさまでした！」

さすがに少し間を置いてからケーキを食べようと思って、弁当容器を片付けるべく立ち上がった。

その時、汚さないようにちょっと離れたところに置いていた地図が目に入り、またでれでれと笑う。地図は取っておくつもりだ。これを見れば、きっと何度でも思い出せるだろうから。

北海道旅行気分で、鼻歌さえ歌いながら、彼女はお茶の準備を始めた。

❄

『北海道巡り弁当』を梨之木に渡して、一週間ほどが経った。

千春が制服にダウンコートを羽織って店の前のゴミを拾っていると、名前を呼ばれた。振り返ると、例のピンクのコートを着た梨之木がいた。

「こんにちは。今日は早いですね」

「ええ、お礼に来ただけなので……でも、開店前で忙しかったですね、すみません……」

「いえ、まだ二時間くらいはあるので」

「あっ、そうなんですね」

そういえば、梨之木がくま弁に立ち寄る仕事帰りはいつも二十時を過ぎているので、この店の開店時間を意識していなかったのかもしれない。

「先日はお弁当ありがとうございました。もう、すごく美味しかったです」

「ありがとうございます。店長も喜ぶと思います」

「地図も嬉しかったです。旅行してるみたいで、でも、なんていうか、見ていると、お弁当を思い出すんです。もう食べちゃったのに！」

地図は手元に残せるから、そういうこともあるかもしれない。

「それにあの地図、観光マップっぽく作られてて、興味引かれちゃうっていうか……だから、これは、別にお弁当に不満があってのことではないんですけど」

「はい」

梨之木は、恥ずかしそうに頬に触れた。

「あのう……お話ししましたけど、旅行に行けない代わりに、旅行に行った気分になれるお弁当を作ってもらおうと思って、依頼したんです。それなのに……」

何か不満があったのだろうかと千春は緊張して聞いていた。

「やっぱり、旅行したいなあって思っちゃって。だって、二口、三口ずつしか食べられなかったし、もっとたくさん旅行気分に浸れたらいいなっていうか。ほら、豚丼一つとっても、色々お店があるじゃないですか。行ってみたいなあ、知りたいなって。だから……旅行こうと思うんです。今度こそ、本気で」

しばらく千春は梨之木を見つめて、それからあっと声を上げた。頬が上気する。

「うっ、嬉しい、光栄です！　ありがとうございます。あっ、ユウさんにも伝えなきゃ……」

「いや、そんな……こちらこそありがとうございます。ごちそうさまでした」

それじゃ、と梨之木は頭を下げて去り、千春はそれをやはり一週間前と同じように見送った。

「千春さん、終わった？」

ユウが店から出てきて、声をかけてきた。千春は塵取《ちりと》りを手に振り返った。

「旅に出る人を見送るのも、なんだか気持ちがいいね」

「えっ、誰が？」

「あ、いや。旅行はまだ先の話だと思うけど……でも、いいニュースだよ、ユウさん」

千春はユウとも今の喜びを共有しようとそう言った。

「いいニュースか、なんだろうなあ。う～ん……いい中古車情報があったとか」

「そっちではないんだけど」

がっかりさせてしまったかな？　と思ったが、ユウはにこにこしたままだった。

「そう？　片倉様がいい出会いがありますよって言ってたから」

「へえっ、そうなんだ」

それでは、条件に合う中古車が見つかるのだろうか。

「まあ、答えはね、さっき梨之木さんが……」

千春はユウとともに店に戻りながら、梨之木がわざわざ来てくれたことから説明し始めた。

嬉しそうな様子の千春を見ているだけで、ユウは幸せそうに見えた。

❄

樽前山《たるまえさん》は標高一〇四一メートル。苫小牧市内、支笏湖《しこつこ》の南に位置する。七合目から東山《ひがしやま》までは五十分程度で辿《たど》り着けるため、地元の小学生が遠足で登ることもあるそうだ。

登山なんて高校の宿泊研修以来だった。

行こうと決めてから随分時間が経ってしまった。空は青く澄み渡り、風は涼しく、日差しはきつい。最初に行こうと決めたのは冬だったが、今はもう初夏だ。登山用のシューズを買って履き慣らしたり、一から登山について調べたり。錦とヒサキはアウトドア好きで、登山も少しやっていたというので、荷物や注意事項について、色々教えてもらったりもした。

当日の天気も心配だったが、幸い気持ちよく晴れて、順調に歩いていると汗ばむ陽気だ。やがて森林限界を超えて草原に入ると、視界が一気に開けた。

さらに階段や砂利道を進めば、山頂だ。

山頂には溶岩ドームが形成され立ち入りはできないので、一〇二二メートルの東山が樽前山の頂上となる。近くには他に高い山もなく、頂上からは、緑の森の先に、青い水を湛《たた》えた支笏湖が見える。ひとまずは邪魔にならない場所に座り込み、景色を眺める。

晴れてよかった。

「はー……」

澄み渡ったひんやりとした空気を吸い込む。気持ちいい。

札幌から苫小牧市街地までは車で一時間ほど。そこからさらに車で樽前山七合目駐車場までが一時間。今回は札幌から樽前山七合目駐車場へ直接向かったので、国道453号を通って一時間半ほどで着いた。

ここに来たいと思い立ったのは、一枚の観光地図と弁当がきっかけだ。

札幌の大好きな弁当屋さんに作ってもらった特製弁当はどのおかずも美味《おい》しかったが、最初に興味を引かれたのはホッキだった。それまで寿司《すし》種以外でホッキを食べたことがなかったが、大きくてふっくらしこしことして、嚙《か》みしめるほど甘みが出てくる。しかも、地図にはホッキ飯の有名駅弁が室蘭《むろらん》にあることや、苫小牧がホッキの漁獲量では日本一であることも書いてある。

地図には、観光情報も載っていた。支笏湖のそばから線が引いてあって、空いている場所にちょっとしたイラストがあった。この樽前山から見た景色だ。

それを見て、綺麗《きれい》だなと思ったのだ。

あとはもう、気付いたらその近辺の情報を漁《あさ》るようになっていた。

計画を立てること自体は楽しくて、わくわくしていたのだが、準備のために登山用品店に行ったり、靴を履き慣らしたりというのは結構面倒臭くて、途中で何度か投げ出しそうになった。

しかし、ホッキを食べて樽前山に登りたい……という欲求のために、なんとか準備を終えて、出発まで一週間となった。

そうすると、今度は突然行くのが不安になってきた。二日間も出かけるなんて久しぶりだ。帰った翌日から仕事なんて辛《つら》すぎる。翌週使いものにならなくなったら困るのは自分だ。先月の方が業務量が少なくて行きやすかったんじゃないか。いっそキャンセルしたら……なんて、そんな埒《らち》もないことを考えてしまう。

だが、結局キャンセルしないまま前日になって、荷物を何度も確認して寝て起きたら、もう出かけるしかなくなっていた。

本当にいいのかと思う暇もなく支度を整えて出かけた。朝の支笏湖を眺めて車を走らせるうちに、なんだか色々なことが吹っ飛んでいった。帰ってきた翌日から仕事をするのは確かに辛いが、辛いのは二日後の自分だし、そもそも疲れた心身を労《いたわ》るために旅行に行くのだし、今日は料理の美味しい宿を予約したし、先月の方が暇だったなんてどうしようもない話だ。

来てよかった。

下山もきっと絶景だ。方向によっては、太平洋も見える。

でもその前に、楽しみにしていたおにぎりを食べよう。

朝自分で握った、海苔《のり》も巻いていないただの梅干し入りのおにぎりだ。アルミホイルを剝《は》がして出てきた大きなおにぎりに囓《かぶ》りつく。塩っ気がきつくて、それが今の身体にはちょうどよい。梅干しはやや偏っていてなかなか出てこなかったが、これまた強烈に酸っぱくって、心強くさえ感じた。口の中で塩辛いご飯がぱらぱらと解《ほぐ》れていく。眼下には広大な森と湖。ステンレス水筒のお茶を飲む。

梨之木は何度も思ったことを、改めて口にした。

「来てよかったあ」

空は晴れ渡り、冷たい風が髪をかき回していく。案外寒いので、ソフトシェルの下にフリースを着込んでいてよかった。助言してくれた錦たちには礼を言おう……。

それに、くま弁の若夫婦にも。

札幌はあっちかな。梨之木は感謝の気持ちを込めて、ぱちんと音をさせて手を合わせた。

❄

「――ん？」

千春はどこからかぱんと響く音を聞いた気がして、耳をそばだてた。

その後は、外の車の音とか、ユウが包丁でにんじんを薄いいちょう切りにする音だとか、微《かす》かな風の音くらいしか聞こえない。

千春は気のせいかな、と思い、手元の作業に集中し直した。アスパラを洗って硬い根元を取り除く。今日の天ぷらの具材の一つだ。

昆布とかつお出汁《だし》の香りが漂い、様々な野菜がそれぞれの料理のための形に整えられていく。毎日の準備の時間が、千春は結構好きだ。

食べてくれる人を思って、丁寧に、手を動かす。

その繰り返しが、千春の日常を形作っていく。

「おはようございます！」

二人きりだった店に、元気のよい声が響く。

バイトとして働く女性が出勤してきたのだ。今日は昼から、オフィスビルへの弁当の販売がある。

いつかの片倉が言った通り、『いい出会い』があったのだ。

「おはよう！」

千春は手を止め、微笑んで振り返った。

豊水《ほうすい》すすきの駅から徒歩五分。

住宅街と繁華街の狭間《はざま》に位置するくま弁は、今日も十七時から営業予定だ。

本書は書き下ろしです。
この作品はフィクションです。実在の人物、団体等とは一切関係ありません。

弁当屋《べんとうや》さんのおもてなし

巡《めぐ》り逢《あ》う北《きた》の大地《だいち》と爽《さわ》やか子《こ》メロン

喜多《きた》みどり

令和6年 1月25日　初版発行

発行者●山下直久

発行●株式会社KADOKAWA
〒102-8177　東京都千代田区富士見2-13-3
電話　0570-002-301（ナビダイヤル）

角川文庫 23997

印刷所●株式会社暁印刷
製本所●本間製本株式会社

表紙画●和田三造

●お問い合わせ
https://www.kadokawa.co.jp/（「お問い合わせ」へお進みください）
※内容によっては、お答えできない場合があります。
※サポートは日本国内のみとさせていただきます。
※Japanese text only

ISBN 978-4-04-114536-4　C0193

◇◇◇